반
야
용
선

반
야
용
선

안중익 소설

도화

목차

작가의 말

추천사

바랑에 담긴 불연의 몸짓을 열다

나는 소설을 한 번도 써 본 적이 없다. 책에 실린 여덟 편 작품은 소설이 아니라 살아온 날 내 곁을 스쳐 간 소중한 인연들이 주고 간 몸짓들이다. 잊을 수 없는 그들의 몸짓을 한 줄 한 줄 꿰어 책 한 권을 엮으며 난 그 떨림에 다시 한번 가슴이 아렸다.

남한강 주변에는 천년고찰의 폐사지가 많다. 경기도 여주시 북내면에 있는 국가사적 제382호 고달사지, 여주시 대신면 혜목산에는 세계에서 가장 오래된 금속활자본인 『불조직지심체요절佛祖直指心體要節』 일명 '직지直指'를 저술한 백운화상 경한선사景閑, 1299~1374)가 입적하고, 그의 제자들이 '직지' 목판본을 간행한 '취암사鷲巖寺'로 추정되는 절터도 남아 있다. 원주시 부론면에 가면 법천사와 거돈사도 있다. 현재는 대부분 초석만 남아 있지만, 드문

드문 서 있는 석탑의 빼어난 기상과 아름다움은 보는 이들의 가슴을 뭉클하게 한다.

　찬란했던 천년의 웅장함은 존재하지 않지만, 그곳에 가면 가람을 울리던 영혼의 소리를 들을 수 있다. 범종 소리, 독경 소리, 기도소리, 고승 대덕들의 법어가 바람인 양 들려오기도 한다. 자주 걷던 그 길의 밀어가 나의 영혼 속에 담긴 건 축복이고 긴 불연의 끈이다. 나는 진심으로 그 혼의 기운을 글에 담고 싶었다.

　「도어록」은 얼굴을 볼 수 없는 옆집 여자를 궁금해하며 쓴 글이지만 나는 글 속에 엄마가 들려주던 삼십삼 천의 이야길 담고 싶었다.

　"삼십삼 천에는 인드라망이란 넓고 큰 그물이 있는데 그물코마다 구슬이 달려 있어. 그 구슬들은 서로를 비추며 영롱하게 빛나지. 그건 이 세상이 독존적 존재가 아니라 서로가 이웃하고 의지하면서 존재한다는 거야."

　엄마의 말과 달리 마주 보며 대화할 수 없는 요즘 이웃들 앞에서 난 종종 삼십삼 천의 인드라망을 생각하곤 했다.

「문턱」은 더더욱 의미가 있는 글이다. 평생을 살아온 집 문턱을 넘지 못해 쓰러진 시어머님의 마지막을 지켜보며 쓴 글이기 때문이다. 이 글은 아들의 고시 합격을 위해 부처님께 기도 올린 미소 할매의 애틋한 이야기다. 미소 할매는 사법시험에 합격한 아들에게 말한다.

"부처님 법으로 먼저 생각해 보고 나서 네 생각을 펼치거라."

「문턱」은 KBS라디오 문학관 노인의 날 드라마로 제작되어 전국 노인들을 찾아갔다. 또 원로 연극인들의 업적을 기리는 제7회 〈늘 푸른 연극제〉에 선정돼 〈겨울 배롱나무 꽃 피는 날〉이란 제목으로 무대에 올려지기도 했다. 정동 세실극장을 찾아준 많은 분이 박승태 배우가 열연한 미소 할매의 삶에 박수를 보내줬다.

「반야용선」은 몸이 온전치 못한 딸을 키우며 눈물로 한 생을 산 친구 이야기다. 병든 몸으로 19년을 살고 죽은 딸을 반야용선에 태워 보낸 친구 마음을 헤아리기 위해 나는 임사체험에 참여해 관에 누웠다. 생과 사는 구별이 없다지만 관 밖에서 내 영혼의 극락왕생을 빌어주던 스님의 발원이 마지막이란 생각에 서러웠다. 죽음은 생각만큼 쉽게 받아들여지는 이별이 아니었다. 난 그 떨림으로 『반야용선』을 썼다. 240센티미터 신발이 나를 태우고 이승의 바다를 부유하는 반야용선이었다면, 아버지는 용머리를 한 지혜의 배를 타고 삼도천三途川을 건너 피안의 세계로 갔다. 강을 건너며 손을 흔들던 아버지 가시던 날의 환영이 내 뇌리엔 한 장의 사진처럼 담겼다.

경주 남산에서 만난 열암곡 마애불의 미소는 「색의 우화」가 되었다. 우리에게 어떤 가르침을 주기위해 그토록 고통스러운 모습으로 긴 세월을 견디고 계신 걸까? 알을 깨지 않고는 날 수 없는 새처럼, 무엇을 버려야 부처가 될 수 있는지를 몸으로 여실히 보여주고 있는 설법이기도 하다.

「커튼」은 병원 침대에 누운 여자의 마음을 그렸다. 죽음과 삶이 공존하는 병실, 커튼 하나로 나뉘는 작은 세계에서 만난 환자들은 서로 친구가 된다.

세월호 사건을 겪으며 「엄마의 섬 산티아고」를 썼다. 섬은 우리의 귀의처다. 엄마는 산티아고라는 자신의 귀의처를 찾아 떠났다. 내 귀에 끝없이 울려오던 세월호 어머니들의 통곡 소리. 어쩌면 산티아고는 긴 밤을 잠들 수 없던 세월호 어머니들의 귀의처일 수 있다.

지난 1월 등에 바랑 하나를 메고 부처님의 성지를 찾아 비행기 트랩을 올랐다. 살아계신 부처님이 나를 맞아 줄 것 같은 떨림을 안고 간 것은 아니지만 인도 곳곳에도 세월을 이겨낸 절의 초석만이 남아 있었다. 브라만 출신의 가이드는 이제 인도에는 불교가 없다고 했다. 그러나 불교는 사라진 게 아니라 그가 믿는 힌두교 속에 녹아 힌두교를 발전시켰고 그의 가슴 속에 여전히 부처님의 진리로 담겨있었다. 그가 그것을 모를 뿐.

인도 순례는 등에 멘 바랑을 조금 더 무겁게 해주기도 했지만 나는 분명 그곳에서 불멸한 부처를 봤고 살아 있는 수많은 부처도 봤다. 삼세三世[1]는 시간적 통찰의 단위이고

---

1 삼세三世 :과거·현재·미래를 통칭하여 부르는 말. 불교에서는 끝없는 시간, 영원한 시간을 말하는 것인데, 과거는 지나간 시간, 현재는 지금 이 순간, 미래는 아직 오지 않은 시간이다. 길게 보

삼계三界는 공간적 단위이다. 내 업은 여러 모습의 나를 만들며 여기까지 왔고 나는 이승의 공간 안에 있다. 그럼에도 나는 여전히 업을 짓는 중생이다.

여유, 글을 쓰다 보니 여유가 필요했다. 호흡을 고르고 나니 나이 들어가는 남편의 뒷모습이 보였다. 사랑하지만 쉽게 표현하지 못한 가장 고마운 사람. 아마도 「능을 박차고」는 지친 남편의 노고를 생각하며 쓴 글이 아닌가 싶다. 결혼식 날 했던, '건강할 때나 아플 때나 똑같이 사랑하고 아끼며…….' 나는 그 언약을 얼마나 지키며 살았을지.

글은 어느 날 가시처럼 일어나 내 폐부를 찢고 마지막 방점 하나를 위해 몸을 떨었다. 마치 색을 변화시키는 카멜레온처럼 내 의지에 맞게 몸을 바꿔줬고 같이 울어주기도 했다. 그 떨림을 이해해 줄 분들이 이 글을 읽어주면 얼마나 고마울까.

글 속에서 날개를 펼칠 수 있도록 도와준 작품 속의 주

면 전생·금생·내생이 삼세이지만, 가깝게 보면 어제·오늘·내일이 삼세가 된다.

인공들에게 고마움을 전한다. 죽는 날까지 함께 갈 나의 아바타들이여!

해설을 써 주신 하성란 작가님, 바쁘신 시간 내어주셔서 감사합니다. 처음 선생님을 뵈었을 때, 스승과 제자가 아닌 함께 같은 목표를 향해 걷는 문우가 되자 하셨지요. 그 말씀을 가슴에 새기고 여기까지 달려왔습니다. 표사를 써 주신 송기원, 강지영 선생님, 오랜 습작 기를 딛고 소설가로 발돋움하도록 격려해 준 태기수 작가님께도 감사드립니다. 선생님들의 가르침이 제 글의 노둣돌이 되었습니다.

엄마의 서툰 컴퓨터 실력 때문에 때 없이 달려와야 했던 착한 아들과 두 딸, 그의 반쪽들, 늘 힘이 되어준 문우들, 도화 출판, 미안하다는 말에 인색한 나를 지키기에 이분들 뼛속에 사리 서 말이 생겼다고?

늘 한결같은 사랑 주신 분들께 부족한 글을 바치며 조금 더 낮아지고자 옷깃을 여민다. 여기가 끝이 아닌 새로운 시작 점이 되길 기원하면서. 더 품위 있는 불법의 혼이 깃든 글을 쓰길 다짐하면서. 이 책이 나오기까지 수고하신 모든 분께, 마음을 다해 감사드립니다.

고맙습니다.

2024년 봄, 안중익 합장

도어록

공동현관 벨이 울린 건 저녁 일곱 시가 조금 넘어서였다. 텔레비전에서는 스토킹 살인사건을 다룬 뉴스가 한참 방송 중이었다. 얼굴을 마스크와 모자로 반 넘게 가린 범인을 경찰 두 명이 거칠게 계단 아래로 끌고 내려왔다. 기자들이 우르르 몰려가 범인에게 마이크를 들이댔다.

"왜 피해자를 죽였습니까?"

"피해자와는 어떤 관계입니까?"

범인은 모든 걸 체념한 듯 고개를 떨구고 답을 피했다. 그때 공동현관 벨이 다시 길게 울렸고, 희주는 천천히 현관 쪽으로 걸어가 인터폰 통화버튼을 눌렀다. 화면 속에 낯선 남자 얼굴이 나타났다. "누구세요?" 희주의 물음에 남자는 낮에 다녀간 택배기사라며 혹시 오늘 받은 택배 운송장을 확인했냐고 물었다. 그의 목소리에 살짝 긴장의 무게가 실려 있었다. 희주가 아니라고 말하자, 남자는 자신이 올라가 배달온 상자를 확인하겠다고 말하고 화면에서 사라졌다. 희주는 기사가 25층까지 올라오는 사이 베란다에 접어서 내놓은 상자를 들고 나오며 조금 짜증이 났다. 기어이 집까지 쫓아가 여자를 살해한 범인의 의도를 그의 입을 통해 직접 듣고 싶었는데 하필 그 시각에 찾아오다니.

현관으로 들어선 택배기사가 상자에 붙은 운송장을 확인했다. 주소는 3호가 아닌 4호라고 적혀 있고 받는 사람 이름도 손*아다.

"이게 왜?"

"역시 옆집 택배네요. 택배가 왔다는 문자는 뜨는데 문앞에 물건이 보이지 않는다고 연락이 와서……."

"기사님이 배달했잖아요?"

희주는 머리를 쓸어올리며 조금 짜증스러운 표정으로 기사를 쳐다봤다. 날이 너무 더워 정신이 없었다는 말로 실수를 덮기엔 문제가 있었다. 사실 날이 더워도 너무 더

왔다. 휴대전화에 폭염주의보를 알리는 긴급안전안내문자가 거듭 세 통이나 들어왔지만, 미룰 수 없는 등기우편이 있어 걸어서 30분 거리의 우체국까지 다녀오느라 온몸이 땀으로 젖었다.

현관 앞에 놓여 있던 택배는 분명 친구 주아가 3개월째 보내주고 있는 황금알 자연 방사 유기농 달걀이었다. 〈깨지지 않게 주의해 주세요〉 달걀 보호를 위해 미리 상자에 인쇄된 붉은 매직 글씨가 낯익었다. 아미노산이 풍부해 스트레스도 줄여주고 우울증이 심한 현대인에겐 더없이 좋은 단백질 식품이라지만, 검증되지 않은 달걀 한 알에 1500원씩이나 받는 건 너무하다는 생각이 들었다. 희주는 값만큼 크지 않은 달걀을 먹을 때마다 돈 아까운 생각이 들었다.

주아는 이번 달 달걀은 일조량 높은 남해 바닷가에서 정성스럽게 키웠다는 샤인 머스캣을 사은품으로 준다고 하기에 홈쇼핑에서 주문했다고 했다. 달걀이 완판됐다는 문자를 받은 게 사흘 전이었다.

"우리가 만든 책도 홈쇼핑에서 사은품 걸어서 팔면 어떨까? 어떻게 그 많은 양이 순식간에 다 완판될 수 있지?"

주아는 웃으며 말했지만, 정성을 다해 출간한 번역서가

2쇄도 팔리지 않는 경우가 비일비재한 희주는 마음이 아팠다. 희주는 상자를 식탁에 올려두고 욕실로 들어가 샤워부터 했다. 몸에서 끈적한 소금기를 머금은 피로가 쏟아져 내렸다. 피로는 진드기처럼 달라붙어 쉽게 씻겨나가질 않았다. 희주는 배달된 달걀 두 알로 저녁을 때우고 소파에 길게 누워 뉴스를 보던 중이었다.

택배기사가 옆집의 손*아에게 전화를 걸었다. 그는 자신이 물건을 잘못 배달하여 3호로 갔고 벌써 달걀과 포도를 먹은 것 같다고 말했다. 그의 목소리는 조금 풀 죽어 있었다.

"나도 홈쇼핑에서 같은 걸 주문했는데, 옆집에서 그걸 받으면 되지 않을까요?"

기사가 얼른 손*아에게 희주 말을 전했다. 그는 완판된 홈쇼핑 농산물은 물량이 많다 보니 종종 이런 실수가 발생하기도 한다며 보이지도 않는 상대에게 연신 머리를 조아렸다.

"뭐예요? 그렇다고 수취인 이름도 확인 안 하고 먹었다고요? 뭐, 그런 무식한 인간이 다 있어."

손*아는 이 상황을 전혀 이해할 수 없다는 듯 큰 소리로 화를 냈다. 그의 목소리가 옆에 서 있는 희주에게까지 들릴 정도로 컸다. 손*아는 기분 나빠 주문 취소할 테니 당신들이 알아서 처리하라고 말하곤 전화를 끊었다. 희주는 여자가 무식하다고 쏘아붙인 말이 잘못 삼킨 가시처럼 목에 걸렸다. 이게 이웃 간에 그렇게까지 화를 내고 주문까지 취소할 일인가?

"다시 전화 걸어 바꿔줘요. 내가 말해 볼 테니."

"그럴 필요 없습니다. 어차피 사모님 댁 달걀도 발송됐을 거니까 그것도 사모님이 받으시고 이미 받은 옆집 달걀 값도 물으셔야 합니다."

그러니까 기사 말은 두 집이 주문한 달걀 네 판을 다 희주가 받고 달걀값을 물으라는 거였다. 자기 잘못은 쏙 빼고 모든 해결을 떠넘기는 그의 태도가 마음에 들지 않았지만 달리 방법이 없었다.

"달걀이 금방 상하는 물건이 아니라 다행이네요. 날로 먹고 삶아 먹고 쪄먹고 매일 달걀만 먹어야겠어요."

굳은 얼굴로 기사를 돌려보내고 희주는 냉장고에서 맥주 한 캔을 꺼내 벌컥벌컥 들이켰다.

사실 택배 사고가 처음 있는 일은 아니었다. 코로나 때문에 택배 물량이 넘치다 보니 시간이 바쁜 기사들은 엘리베이터에서 내리지도 않고 물건을 복도에 휙 던지고 가는 일이 잦았다. 그러다 보니 물건이 뒤섞여 뒤바뀔 때도 있었다. 모르긴 해도 달걀이니 조심해 달라는 문구를 확인한 기사는 매달 오는 희주네 달걀이거니 생각하고 수취인 확인 없이 두고 갔을 게 뻔했다. 지난 추석에도 동생이 보낸 제주 녹차 세트가 옆 동 2503호로 배달돼 보름도 더 지난 후에야 찾아왔었다. 얼마 전에는 2층 3호에 사는 노인이 인터폰으로 당신 집 택배가 우리 문 앞에 있으니 빨리 와서 가져가라고 짜증스럽게 말하기도 했다. 그러니 택배 운송장 확인은 꼭 해야 했다. 작은 실수 하나로 순식간에 무식한 이웃이 되고 말았다. 희주는 옆집 여자를 직접 만나 이 어처구니없는 일의 이해를 구하고 싶었다. 그러나 이사 온 지 몇 달이 지나도록 옆집은 얼굴을 볼 수 없었다.

*

지은 지 2년이 넘었지만 아직도 새집 냄새가 풀풀 풍기는 H 아파트 두 동이 남한강을 바라보고 나란히 서 있다.

이 아파트는 1·2호, 3·4호, 5·6·7호 라인이 엘리베이터를 함께 사용하며 한쪽 벽에 현관문이 나란히 붙어 있는 계단식 구조다. 희주가 이곳 탑 층인 25층 3호로 이사를 온 건 6개월 전이었다. 치매와 다리 관절이 좋지 않아 거동할 수 없던 엄마는 서울 집 근처 요양병원에서 지냈다. 아버지 돌아가시고 거동이 불편한 엄마를 입주간병인과 같이 돌보며 3년 넘게 버텨왔으나 점점 상태가 나빠져 할 수 없이 내린 조치였다. 엄마는 치매로 정신이 까뭇한데도 집에 대한 집착이 컸다.

"나 집에 가고 싶어."

"나 조금만 살고 죽을 게 집으로 데려가 줘."

희주가 면회를 갈 때마다 엄마는 울부짖었다. 코로나 때문에 비대면으로 면회하게 되면서부터 우울증은 더 심해졌고, 그마저 못 하게 되자 성격까지 괴팍해져 갔다. "집에 안 보내주면 꽉 혀 깨물고 죽을 거야." 요양병원 직원 아무나 붙잡고 협박까지 했다. 아이러니하게도 늙은 엄마는 늙은이 냄새가 싫다며 혼자 쓰는 1인실만을 고집했고 간병인도 단독으로 붙여달라고 떼를 썼다.

"나 당연히 그런 대접 받을 자격 있어. 내가 널 어떻게 키웠는데…….”

　자신을 이런 곳에 두면 천벌 받을 거라고 희주에게 악담까지 했다. 밤낮 가리지 않고 소릴 지르자, 요양병원 측에서도 더는 돌볼 수 없다고 퇴원을 요구했다. 생각해 보니 어차피 돈 많이 드는 1인실에서 비싼 단독 간병인을 쓸 거면 집으로 모셔 오는 것도 방법일 것 같았다.

　“얼마나 사시겠어. 일 쉬면서 당분간 내가 돌봐드려야겠어.”

　희주는 주아에게 출판사 일을 당분간 다 맡아 달라고 부탁했다.

　“그럴 바엔 서울보다 공기도 맑고 환경이 좋은 곳으로 엄마를 모셔. 내 생각엔 양평 정도가 좋을 것 같은데.”

　주아는 양평이 서울서 가까우니 희주가 가끔 나와 출판사 일 관리하기도 좋고, 근처에는 제법 이름난 노인 병원도 여럿 있어 급할 때는 손쉽게 달려갈 수 있을 거라고 했다. 고향이 양평인 주아가 추천한 아파트를 계약하고 이사를 서둘렀지만, 주아를 도와줄 직원도 한두 명 더 구하다 보니 생각보다 시간이 걸렸다. 그런데 엄마는 희주의 계획을 기다려 주지 않았다.

"어떡해요. 어머님이……."

간병인 말을 어디까지 듣고 집을 뛰쳐나왔는지, 정신이 없었다. 차를 몰아 요양병원이 아닌 대학병원으로 달려갔을 때 엄마는 중환자실에 있었다. 간병인까지 잠든 밤, 링거 줄로 목을 감았다고. 간병인이 잠에서 깼을 때는 엄마가 이미 사경을 헤매고 있었다고 했다. 집으로 가고 싶다는 말이 유언이 되고 말았다.

희주는 엄마의 몸에서 푸른 생명의 알갱이들이 쉼 없이 허공으로 날아오르는 환영을 봤다. 목에 링거 줄을 감은 엄마가 사방에 서 있었다. 엄마는 줄을 풀어 달라고 손을 내밀었다. 희주는 엄마의 죽음이 무섭고 두려웠다. 어제와 오늘이, 낮과 밤이 구분되지 않았다. 시간은 희주의 몸을 휘감고 깊은 바닷속으로 침잠했다. 몸부터 추스르자. 그 말이 주아의 말인지, 엄마의 말인지조차 구분되지 않았다. 모든 소리는 환청처럼 울렸고 누군가가 쥔 예리한 톱날이 몸 곳곳을 쓸었다. 엄마가 껍데기만 남겨두고 모든 걸 다 걷어 간 것 같았다. 좀처럼 정신을 차리지 못하는 희주를 이 집으로 데려온 건 주아였다. 조용한 곳에서 잠시 정신적 안정을 취하게 하라는 게 의사의 처방이었다고 했다. 결국, 엄마가 오기로 한 집에 환자가 된 희주 혼자 내려오게 됐다.

*

25층까지는 희주 말고는 올라오는 사람이 없었다. 가끔 택배기사나 청소부 아줌마, 관리실 직원이 다녀가긴 했지만, 숨소리까지 들릴 만큼 조용한 공간에서 희주는 매일매일 면벽 수행하는 수도승처럼 강을 바라보며 앉아 있곤 했다. 비가 오면 비에 젖고 해가 나면 햇빛에 젖는 강 건넛마을의 집과 창들을 하염없이 바라봤다. 어느 집은 해가 지면 바로 불이 들어왔고, 어느 집은 주인의 늦은 귀가를 말해주듯 밤이 깊어서야 불이 켜졌다. 그 모든 게 사람이 살고 있다는 증거였다. 그러나 죽음은 어느 것 하나 허용하는 게 없었다. 불을 밝힐 이유도, 웃을 이유도, 미워할 이유도 없는 어둠뿐이었다. 희주는 그 어둠 속에서 엄마를 생각했다. 바쁘다는 이유로 엄마를 간병인에게만 맡겼고, 그걸 거부하는 엄마를 유난스럽다고 힐책했다. 따뜻한 말보다는 무표정한 대면이 더 많았다. 자존심 강한 엄마가 죽음을 택한 건 자신을 좀 봐달라는 몸부림이 아니었을까.

엄마는 희주에게 서른세 개의 궁전이 있다는 삼십삼 천[1]
이야기를 자주 했었다.

"수미산 정상에는 동서남북 사방에 천인들이 사는 각
각 여덟 개씩의 성이 있어. 그 중앙에 제석천의 궁전 선견
성이 있는데 그곳을 삼십삼 천이라고 해. 그곳이 인간계와
가장 가까운 하늘이야."

"하늘 위에 또 하늘이 있어?"

"그럼, 하늘 위에 또 하늘이 있고. 그곳 선법당에 신들이
모여서 땅 위에 사는 중생들이 행하는 선과 악을 다 기록
하고 평하는 거지."

엄마 말에 의하면 인간이 평면적인 삶을 사는 동안은 그
하늘을 볼 수 없지만, 죽으면 서른세 개의 하늘 중 자신이
지은 업에 맞는 수평적인 하늘을 찾아가게 된다는 거였다.
그러나 생목숨을 끊은 자는 어느 하늘에도 갈 수 없고, 하

---

1 삼십삼 천三十三天: 불교의 우주관으로 도리천은 세계의 중심인
  남섬부주南贍部洲의 수미산須彌山 꼭대기에 있다고 한다. 중앙
  에 선견성善見城이라는 큰 성이 있고 이 안에 제석천帝釋天이 있
  다. 선견성의 제석천을 중심으로 4방에 각기 8성이 있는데 이 32
  성에 제석천을 더하여 33천이 된다.

늘과는 반대인 무간지옥으로 떨어져 영원히 죽지 못하고 펄펄 끓는 유황불 속에서 몸이 타는 고통을 겪게 된다고 했다. 그런 사실을 알고 있는 엄마가 생목숨을 끊었다. 그 말대로라면 엄마는 지금 유황불이 펄펄 끓는 지옥에서 응보를 받고 있을 거였다. 그 생각을 하면, 희주는 자신의 몸이 유황불에 타고 있는 것처럼 뜨거웠다.

*

옆집에 손*아가 이사를 온 건 석 달 전이었다. 서울을 다녀와 지하 주차장에 차를 세우는데 관리실 직원이 다가오더니 말을 전했다.

"비어 있던 4호에 어제 신혼부부가 이사 왔어요."

"신혼부부요?"

희주는 얼른 되물었다.

"네, A동은 대부분 혼자 사는 분들이 많은데 4호는 신혼부부라니까 기분이 좋네요. 내년쯤이면 아기가 태어날 수도 있잖아요. 허허."

차를 나눠마실 수 있는 동년배가 이사 왔으면 하고 바란

적도 없으면서 이상하게 신혼부부란 말이 거슬렸다. 어차피 나이가 비슷한 사람이 이사를 와도 차 한잔하자며 쉽게 문 두드릴 수는 없다. 예상대로 옆집 신혼부부와는 3개월이 지나도록 인사는 고사하고 얼굴 한번 볼 수 없었다. 마치 마주치기 싫어 서로 피해 다니기라도 하는 것처럼 엘리베이터를 함께 타는 일조차 없었다. 그들은 새벽에 나갔다가 자정이 넘어서야 들어오는 것 같았다. 벽을 통해 들려오는 물소리와 말소리조차 없다면 빈집으로 오해할 수 있었다.

주아가 주문해 준 달걀과 포도는 이틀 후 도착했다. 졸지에 달걀 네 판과 샤인 머스캣이 들어간 냉장실이 턱없이 비좁았다. 냉장고 문을 열 때마다 손*아가 뱉은 무식하다는 말이 화를 키웠다. 나쁜 년, 하루를 못 참아주고 주문 취소를 하다니. 옆에 있으면 대판 욕이라도 퍼붓고 싶지만 그래도 잘못 한 사람이 사과해야지. 희주는 바구니에 달걀 열 개와 샤인 머스캣 한 송이를 담아 4호 문 앞에 놓아뒀다. 이런 실수를 저질러 미안하다는 사과글도 적어 달걀로 눌러놓았다. 그러나 달걀이 담긴 바구니는 사흘이 지나도록 그대로 놓여 있었다. 수북이 쌓인 택배 상자는 들고 들어가면서 달걀과 포도가 담긴 바구니를 그대로 두었다. 나흘째 되는 날, 희주는 달걀과 포도를 깨트려 손*아가 현관문 앞에 내놓은 종량제 봉투에 버렸다. 달걀의 비릿한 냄새와 진득한 물기가 봉투 속으로 번졌다. 잘못하면 뚝뚝 국물이 바닥으로 흐를 것 같았다. 희주는 관리실로 전화했다.

"여기 좀 올라와 보세요. 옆집 쓰레기에서 냄새가 나서……."

잠시 후 누군가 올라오는 소리가 났다. 도어스코프로 밖을 내다보니 관리실 직원이 수북하게 쌓인 빈 상자와 쓰레기봉투를 들고 엘리베이터를 타면서 끌끌 혀를 차는 모습이 보였다. 사람들 그렇게 안 봤더니…….

*

4호 앞 복도에는 여전히 택배 상자가 흩어져 있었다. 희주는 그것들을 발로 툭툭 차서 4호 앞으로 밀었다. 감정이 실린 발길질이 거칠었다. 그러다 희주는 콩 벌레처럼 등을 동그랗게 말고 택배 상자 앞에 쪼그리고 앉았다. 도대체

이게 다 뭐야? 하나하나 상자를 들춰봤지만, 포장만 봐서는 내용물을 알 수 없었다. 희주는 마치 물건 하나하나가 미운 가시가 박힌 손*아인 것처럼 상자를 향해 그동안 참아온 독설을 퍼부었다.

"야, 손*아 너 이렇게밖에 살 수 없니? 살다 보면 이웃끼리 실수도 할 수 있지, 그걸 가지고 이렇게 사람을 비하해? 무식하다고? 그럼 매일 밤늦게 들어와 물소리, 키드득대는 소리로 내 신경을 건드리는 너희 행동은 뭔데? ―그들은 밤마다 내 침실하고 붙은 벽을 통해 듣기 거북한 여러 소음을 보냈다― 또 돈이 얼마나 많기에 매일 물건을 이렇게 사들이니? 이렇게 사들여도 네 남편이 뭐라고 안 하니? 뭐? 그래, 유유상종이라고 종이 같으니까 살겠지만." 희주는 운송장을 들여다보며 계속 쏘아 댔다. 그러나 약시인 희주 눈에는 운송장에 적힌 작은 글자들이 벌레가 기어가는 것처럼 어른거려 제대로 읽을 수가 없었다. 희주는 얼른 휴대전화를 꺼내 송장을 찍었다. 찰칵, 찰칵, 셔터 소리가 생각보다 크게 공간을 울렸다. 뭐죠? 왜 남의 택배를…… 희주는 문 안에서 사람 소리가 들리는 것 같아 얼른 몸을 일으켜 문에 귀를 댔다. 그리고 현관 벨을 길게 눌렀다. 조용하다. 그럼 그렇지. 이 시간에 너희들이 집에 있을 리 없지. 돌아서다 희주는 현관문을 쾅쾅 두어 번 걷어찼다. 손*아 정강이라도 걷어찬 것처럼 기분이 시원했다.

집으로 들어와 소파에 등을 기댄 채 호흡을 골랐다. 그리고 천천히 휴대전화 액정을 밀어 올렸다. 운송장 글자들이 희주의 손놀림 따라 몸을 부풀렸다. 운송장 번호 5721, 0233, 0577, 받는 사람 이름 손*아, H 홈쇼핑, 제휴사인 K 통운 택배사가 배달한 물건은 머리카락을 윤기 나게 책임지겠다는 트리트먼트였다. 희주는 H 홈쇼핑 사이트로 들어가, 지난 일주일 판매 목록을 검색했다. 기적의 트리트먼트는 이틀 전 새벽 세 시에 판매됐다. 동영상 속의 쇼호스트 김미란은 판매 도중 10분 동안 원 플러스 원으로 판매한다는 멘트를 날렸고 제품은 완판됐다. 손*아는 그 시각 잠들지 않고 있다가 물건을 구매한 모양이었다. 김미란은 극 손상된 모가 열광하는 최고의 트리트먼트라며 빗을 때 느껴지는 차이를 느껴보라고 호들갑을 떨었다. 손*아 머리가 긴 생머리인가? 아니면 파마머리? 갑자기 손*아 머리를 쓰다듬는 남자의 가늘고 긴 손가락이 보였다. 손*아 남자가 궁금해졌다. 그는 어떤 향을 좋아할까? 희주는 손가락으로 자신의 머릿결을 쓸어내렸다. 거칠다. 기름 냄새도 묻어나는 것 같았다. 나도 샴푸와 트리트먼트를 손*아가 주문할 걸로 바꿀까? 희주는 몇 번 더 자기 머리를 쓸어내렸다.

다음 사진을 클릭했다. 다음 물건은 미니라벨 프린터기 D 30S 3종, 카피어랜드사에서 직접 보내온 상품이다. 홈페이지로 들어가니 수출까지 하는 핫한 신상품이라는 카피 문구 아래 미니라벨 프린터 핑크 돼지 D30 S와 흰둥이가 마구 재롱을 떤다. 둘 다 머리 뚜껑을 열면 은색 라벨이 나온다. 디자인이 예쁘다. 가격은 용량에 따라 달라진다고. 3만 8000원과 4만 8900원. 그런데 이걸 한 상자나 사니? 참 골고루들 한다. 홈쇼핑 물건 사는 재미로 사는 족속들이군. 희주는 이 제품은 손*아가 아니라 그의 남자가 주문했을 거라는 생각이 들었다. 뭐 하는 놈이야? 키는 클까? 잘생겼을까?

아침부터 초인종이 울렸다. 대충 머리를 매만지고 마스크를 썼다. 문을 여니 관리실 직원이 문 앞에 서 있었다. "무슨 일로?" 그의 등 뒤로 부스스한 머리, 누렇게 뜬 얼굴, 몇 날을 잠을 못 잔 것처럼 두 눈이 붉게 충혈된 아랫집 여자가 서 있었다.

"죄송합니다. 이 댁에서 밤마다 너무 뛰어서 잠을 잘 수 없다고 계속 신고가 들어와 오늘은 확인시켜 줄 겸, 같이 올라왔습니다."

여자가 관리인 뒤에서 목을 길게 빼고 집안을 기웃거렸다.

"내가 문에 쪽지 붙여놓은 것 읽었죠? 그렇게 부탁하는데도 왜 그렇게 뜁니까?"

여자가 인터폰을 여러 번 했지만 받지 않아 오늘은 할 수 없이 올라왔다고 독한 눈을 뜨고 희주를 노려봤다.

"누가 뛴다고 그래요? 미쳤어요. 내가 밤에 잠 안 자고 뛰게."

"무슨 소리예요. 아저씨, 분명 이 집에서 뛴다니까요."

"옆집에서 뛰나 보죠. 나도 옆집 때문에 늘 잠을 설치는데."

"아니에요, 분명히 이 집에서 뛰어요. 내 머리 위에서 쾅쾅거리며 뛰는 걸 내가 모를까 봐요? 너 살 빼려고 줄넘기라도 하니?"

여자가 흰 눈자위를 드러내며 희주 몸을 훑었다. 희주는 여자 멱살을 잡아 흔들며 소리치고 싶었다. 뭐 너? 너야말로 한 번만 더 이딴 짓 하면 정신이상자로 신고할 거야. 병원 가서 귀부터 검사하라고. 나 아니라니까. 희주는 여자 가까이 다가가 마스크를 벗었다. 그리고 입가에 성근 미소를 띠며 천천히 말했다. "나 코로나 걸렸는데." 관리실 직원이 얼른 문밖으로 뛰어나갔다. 여자도 당황한 듯 신발을 제대로 신지 못하고 허둥거렸다. 희주는 그들이 들으라는 듯 컹컹, 기침을 몇 번 더 했다.

"그거 봐요. 내가 결혼 안 한 노처녀가 혼자 산다고 했잖습니까? 처녀가 밤에 왜 뛰겠어요."

엘리베이터도 타지 못하고 허겁지겁 계단을 내려가며 여자를 다그치는 관리실 남자 목소리가 우렁우렁 들려왔다. 희주는 거실 창 앞에 섰다. 물기 젖은 비구름이 산 중턱에 젖은 빨래처럼 걸려 있었다. 도시가 구름 아래 늪지로 축축하게 가라앉는 것 같았다. 그만 이곳을 떠나자. 그러고 싶었다. 그러다 문득, 정말 내가 뛰나? 갑자기 뿌연 안개처럼 흐릿한 의구심이 머릿속을 채웠다. 희주는 자신의 두 발을 내려다봤다.

주아는 희주에게 쉬는 김에 남한강 주위에 있는 폐사지 취재를 다시 해보자고 했다. 희주가 전부터 기획해 두었던 〈천년 고찰, 그 흔적을 만나다〉 프로젝트였다. 세계에서 가장 오래된 금속활자본인 『불조직지심체요절佛祖直指心體要節』 목판본을 간행한 '취암사鷲巖寺'로 추정되는 절터가 경기도 여주 혜목산에 있다고 했다. 그러나 주아의 계획은 그 일을 계기로 희주가 빨리 엄마 생각에서 벗어나 출판사로 돌아오게 하고 싶은 생각이 컸다. 주아는 이번엔 원주 쪽으로 가 보라고 했다. 그곳 부론면에는 법천사와 거돈사, 지정면에는 흥법사 등 큰 규모의 폐사지가 있다고.

"지광 법사 비문 사진도 찍어 보내고."

"인터넷에 있는 거 써. 나 좀 아파."

어디가 아파? 화들짝 놀라며 금방 달려갈게, 말할 줄 알았다. 그런데 주아는 혼자 사는 여자가 아픈 건 다 아는 병이니 빨리 밖으로 나가 취재를 마무리 하라고, 그래야 너의 그 얄궂은 증후군에서 벗어날 수 있을 거라고 했다.

"너 남극형 증후군이라고 알아?"

"뭔 증후군?"

"너처럼 고립된 공간에서 혼자 생활하는 사람들이 잘 걸리는 질환. 그래서 고립 증후군이라고도 한다지 아마. 그러니까 자주 나가서 햇빛도 쬐고 사람도 만나고 하라고."

"현대인치고 그 병 안 걸린 사람 없겠다. 너는 아니니?"

주아는 제발 예민하게 굴지 말고 옆집, 아랫집 사람들하고도 친하게 지내라고 했다.

"25층 너희 집은 바다 한가운데 떠 있는 섬이야. 이웃과의 교류가 필요해."

사실, 얼마 전 옆 동 4층에 사는 노인이 시신으로 발견됐다. 사인은 심장 쇼크였다. 노인은 딸에게 전화해 검은 옷을 입은 사람이 찾아와 영 가질 않으니 네가 와서 좀 쫓아달라고 했단다. 그런데도 딸은 바쁘다는 이유로 달려오지 않았고, 보험사 직원 같으니 가입 안 한다고 말하고 돌려보내라고 했다는데 그날 노인이 죽었다. 검은 옷을 입은 사람, 그가 누구였을까? 사람들이 수군거렸다. 딸이 달려오기까지 사람들은 노인이 누구인지, 무엇을 하며 살아왔는지, 아무도 알지 못했다. 마지막 통화자가 단축번호 1번인 딸이었고, 그 번호로 전화해 딸이 달려온 후에야 노인이 혼자 외롭게 살고 있었다는 게 알려졌다.

"야, 어떻게 잘 지내, 옆집에 악어가 사는지 고릴라가 사는지 얼굴 한번 볼 수 없는데. 옆집 여자가 나 보고 무식한 년이란다."

수화기 저편에서 주아가 키득키득 웃었다.

"하긴. 다들 바쁘고 남 일에 관심도 없고, 요즘 세상에 이웃이 어딨어. 아래윗집이 소음 때문에 칼부림까지 하는 세상인데. 너도 조심해라. 혼자 산다는 아래층 여자."

*

오늘은 흰 바탕에 검은 로고가 선명한 봉투 하나가 4호 앞에 놓여 있었다. 샤넬 로고다. 봉투를 만져봐선 어떤 옷이 들어있는지 알 수 없었다. 희주는 주위를 둘러봤다. 궁금증이 신경을 자극했다. 유난히 옷 욕심이 많은 희주다.

얼른 봉투를 들고 집으로 들어왔다. 어깨를 드러내고 몸의 곡선을 살려 디자인한 눈부시게 붉은 원피스가 들어 있었다. 원피스는 기장이 좀 길었다. 키가 크다는 손*아가 입으면 충분히 아름다울 길이. 희주는 맛있는 음식을 눈앞에 둔 사람처럼 입맛을 다셨다. 입어보자. 입어보고 싶어. 욕구가 가슴을 뛰게 했다. 안돼 그러지 마. 괜찮아. 잠깐 입어보고 돌려주면 되잖아? 나는 손*아한테는 이보다 더한 짓도 할 수 있어.

희주는 옷을 벗고 원피스를 입었다. 핏빛 붉음, 가브리엘 샤넬이 언급하던 대로 레드는 '생명과 피의 색채'다. J는 이 붉음이 성욕을 불러일으키는 색이라고 좋아했었다. 벗은 몸보다 레드로 가린 가녀린 네 모습이 더 아름답다고 했던 J, 희주는 한참을 서 있었다. 말처럼 성욕이 일지는 않았지만, 거울 속 모습을 보는 게 싫지 않았다. 이게 4호 남자가 좋아하는 색일까? 어깨 위로 J의 손길이 느껴졌다. 그 손길이 천천히 가슴을 더듬었다. 섬뜩했다. J에 대한 미움이 머리를 쳐들었다. 왜 또? 희주는 옷을 입은 채로 집을 뛰쳐나왔다. 차를 달려 승려도 법당도 없는 옛 절터 고달사지로 향했다. J, 다시는 떠올리고 싶지 않은 이름, 희주는 입술을 깨물었다. 처서가 지나더니 제법 서늘해진 바람이 냉기를 품고 목 안으로 파고들었다. 얇은 옷이 추웠다. 세월의 흔적만 남은 절터, 잘 깎은 잔디와 곳곳에 설치된 펜스에서 시간의 흐름이 느껴졌다. 혜목산 위로 본연의 밝음을 감춘 낮달이 희부연 얼굴을 드러냈다. 희주는 세월에 씻겨 글자가 마모된 비문을 쓸어보며 여러 컷 사진을 찍었다. 붉은 옷자락이 탑 앞에서 깃발처럼 흔들렸다.

집으로 돌아온 희주는 옷을 벗어 봉투에 담았다. 괜찮겠지? 그리고 봉투를 4호 문 앞에 가져다 놨다. 주위를 둘러봤다. 아무도 본 사람이 없으니까. 마음속에서 속삭였다. 넌 범죄를 저질렀어. 아니야, 희주는 머리를 저었다. 상관없어 이 정도는. 나는 무식한 년이잖아.

*

옆집 물소리에 정신이 들었다. 내가 졸았나? 벽시계 시침이 한 시에 머물러 있다. 손*아가 이제 들어온 모양이다. 희주는 잠시 전까지 아이패드로 넷플릭스 영화 〈컨테이젼〉을 봤었다. 맷 데이먼, 기네스 펠트로, 케이트 윈슬렛

등이 출연한 영화다. 스티븐 소더버 감독이 9년 전인 2011년에 찍은 영화지만 코로나가 창궐하고 있는 지금의 현실을 찍은 것처럼 생동감이 넘쳤다. 바닥에 뒤집혀 있는 아이패드를 집어 드는데 조금 추웠다. 목도 아프고 미열도 있었다. 얇은 옷을 입고 찬 바람을 쐰 게 잘못됐나? 물을 끓여 감기약을 먹었지만, 별 효과가 없었다. 혹시? 영화 장면이 떠올랐다. 기네스 펠트로는 눈도 못 감고 입에 거품을 문 채 숨졌다. 출장에서 막 돌아온 엄마를 포옹한 아들도 죽었다. 정지된 동공을 보여주던 긴 영상, 펠트로가 본 마지막 세상은 어떤 모습이었을까?

만약 내가 코로나로 죽는다면? 누가 제일 먼저 나를 발견할까? 손*아가 발견하고 신고는 해줄까? 벽에 가만히 귀를 댔다. 조용하다. 잠들었나? 아니 이것들도 코로나에 걸려 죽은 것 아냐? 갑자기 가슴이 뛰기 시작했다. 숨이 찼다. 불안감에 벽을 허물고 싶어 벽을 쾅쾅 두들겼다. 그러나 아무런 반응이 없었다. 약 먹은 쥐처럼 뱅글뱅글 돌다 문을 열고 나와 4호 앞으로 갔다. 문에 귀를 대보지만 아무런 소리도 들리지 않았다. 서늘한 바람이 목 안으로 파고들었다. 등 뒤로 머리를 풀어 헤친 검은 그림자가 따라붙는 것 같아 으스스 소름이 돋고 열이 올랐다. 너무 추웠다.

집으로 들어온 희주는 키트를 꺼내 검사를 시작했다. 면봉을 콧속 깊이 넣고 휘저어 용액에 넣었다. 5분…… 10분…… 15분……. 키트에 붉은 줄 하나가 떴다. 그럼 그렇지. 마음이 조금 편안해졌다. 보일러 온도를 올렸다. 그러나 여전히 추위가 가시지 않고 몸이 부레가 찢긴 물고기처럼 둥둥 허공을 떠다녔다. 정신이 몽롱했다. 그때, 아래층에서 인터폰이 왔다.

"야, 미친년아, 제발 좀 뛰지 마."

희주는 얼른 발을 내려다봤다. 발이 저주의 빨간 구두를 신은 것처럼 계속 움직였다. 쿵, 쿵. 쿵쿵…….

*

희주는 고개를 갸웃했다. 어제 식탁 위에 놓아둔 키트에 붉은 두 줄이 선명하다. 분명 한 줄이었는데? 검사를 다시 했다. 역시 두 줄이다. 그때 주아에게서 전화가 왔다. 주아는 아침부터 별로 듣고 싶지 않은 말을 계속 쏘아 댔다.

"야 입 다물어. 나 아파."

"어디가? 어디가 아프냐고?"

"코로나 걸렸어."

주아는 매일 집에만 처박혀 있는 사람이 어디서 코로나에 걸린 거냐고 투덜댔다. 그리고 빨리 보건소에 가서 확진을 받아야 위험한 일이 닥쳐도 보호받을 수 있다고 재촉했다.

보건소 직원은 코로나에 걸리면 어떤 증상이 나타나는지, 희주도 이미 알고 있는 말을 늘어놨다. 고열이 나고 목이 잠기며 입맛이 사라지고…… 그러니 집에 가 쉬고 있으면 처방된 약을 직원이 가져다 현관문에 걸어두고 문자를 주겠다고 했다. 절대 밖으로 나오면 안 되고 누구와도 접촉하지 말라고. 당신은 확진자라는 말을 직원은 참으로 길게 우회해서 말했다.

"시간 맞춰 약을 먹으면 감기 앓는 것처럼 지나갈 수도 있습니다."

그 말은 틀렸다. 희주는 아플 수 있는 곳은 다 아팠다. 땀방울이 볼을 타고 흐르면 그 부분이 아팠고 목도 잠겨 말도 나오지 않았다. 입이 써 아무것도 먹을 수 없었다. 누구도 부르지 못하고 혼자 아파야 하는 병, 확진되면 곁에 있는 가족도 내보내야 하는 지독한 병이 코로나였다.

약속대로 보건소 직원은 오후에 약을 가져다 문에 걸어 두고 전화했다. 자기가 돌아가고 10분쯤 있다가 나와 약을 들여가라고 했다. 혹시 엘리베이터가 늦게 올라와 희주와 부딪히기라도 할까 싶어 조심하는 것 같았다. 희주는 일어나 현관문도 열기 싫었다. 코로나와 싸우다 이대로 죽을 수도 있겠구나 싶었지만 일어서는 일은 더 하기 싫었다. 열에 들뜬 머릿속을 갖가지 축축한 생각들이 헤집었다. 방송에서는 1주일만 견디면 된다고 했지만 2주가 다 되도록 쉽게 일어서지 못했다. 비몽사몽간에 솜털처럼 가벼운 구름을 타고 하늘로 날아올랐다. 지옥에 있을 거로 생각한 엄마가 그곳에 있었다. 엄마는 아름다운 연꽃이 피어있는 호숫가에 앉아 있었다. 한 송이 꽃처럼 곱고 행복해 보였다. 이제 엄마 걱정은 내려놔도 될 듯 싶었다.

2주도 넘어 현관문을 열고 밖으로 나왔다. 보건소 마크가 찍힌 약봉지가 대롱대롱 문에 걸려 있었다. 코로나 확진자가 사는 집, 옆집 손*아도 알았겠구나. 어쩌면 그걸 알고 손*아는 아예 집에 들어오지 않았을 수도 있었다. 친절한 이웃, 좀 어떠세요? 혹시 죽었나? 절대 벨을 눌러주지 않을 이웃이 사는 4호 앞에는 여전히 택배 상자가 어수선하게 흩어져 있었다.

덩치가 큰 아이스박스는 바다 냄새를 품고 날아온 택배였다. 포장이 예쁜 하얀 상자. 희주는 상자 앞에 쭈그리고 앉아 또 사진을 찍었다. 얼마 만인가. 코로나 때문에 이 짓도 못 했었다. 붉은 포장지로 싼 또 하나의 상자까지 찍고 거실로 들어와 사진을 확대했다. 흰색 상자에는 TOMONARI 10센티미터 키 높이 싱글 몽클 로퍼라고 적혀 있었다. 빠르게 토모나리 홈페이지를 검색했다.

상품명 : 토모나리 10cm 키 높이 매직 더비 슈즈.
단가 : 10% 할인 적용 47,700원.

키높이 구두가 필요한 남자. 관리실 남자는 손*아는 키도 크고 모델 같다고 했었다. 그럼 남자는 손*아와 키를 맞추기 위해 10센티미터 키높이 구두를 신어야 하는 건가? 송장을 떼어내 무엇이 들었는지 알 수 없는 반품 상자도 있었다. 아이스박스 송장에는 완도에서 보낸 생물 전복이라고 쓰여 있었다. 둘은 오늘 밤 치즈와 전복회를 안주로 한잔할 생각이었구나. 문득, 이 모두가 혼자가 아니라 둘이 살기에 할 수 있는 일이라는 생각이 들었다. 키가 작고 와인과 전복을 좋아하는 남자, 전에 산 미니라벨 프린터 검둥이 라벨이 남자가 사용하는 거라면? 남자는 부근 회사나 관청에서 일하는 사람일 수 있었다. J가 있었다면? 희주는 볼을 타고 흐르는 말간 습기를 손으로 훔치며 잠깐 가슴이 아렸다.

뉴스에서는 코로나 때문에 택배 물량이 하루가 다르게 늘어나고 있다는 보도와 함께 코로나약과 키트가 동나 구하기가 어렵다는 소식을 전했다. 희주는 보건소에서 보내온 키트를 손*아에게 줄까 생각하다 머리를 흔들었다. 무간섭이 고마운 이웃, 희주는 더는 손*아에게 무식한 이웃이 되고 싶지 않았다.

*

문을 두드린다. 또 아랫집인가? 벨을 누르지 않고 문을 두드리는 건 관리실 직원이거나 아랫집 여자뿐이다. 내가 낮에도 뛰나? 천천히 문을 밀었다. 문 앞에 정복을 입은 경찰관 두 명이 서 있었다. 조금 놀랐지만, 희주는 내색하지 않았다. 서른을 갓 넘었을까? 아니 한 명은 그보다 어린 20대 후반으로 보였다.

"옆집에서 신고가 들어왔습니다."

경찰은 이웃 간의 일이라 잘 해결되길 바랐지만, 며칠째 계속 신고가 접수돼 찾아올 수밖에 없었다고, 왜 그런 짓을 하느냐고 물었다. 그런 짓요? 사수 경찰이라는 사람이 희주에게 잠시 밖으로 나와보라고 손짓했다. 그리고 4호 앞으로 걸어가 문을 가리켰다.

"이 집 도어록에는 넓은 시야각이 확보되는 고화질 렌즈가 장착되어 있습니다. 아마 지금도 4호 주인이 우리의 모든 행동을 휴대전화로 보고 있을 겁니다."

그냥 봐선 다른 집 도어록과 별반 달라 보이지 않았다. 그러나 경찰은 그동안 희주가 한 행동들이 저 문에 장착된 렌즈를 통해 모두 4호 주인에게 전달됐다고 말했다. 그 영상은 한 달 정도 휴대전화에 저장이 되니 부인해도 소용없다며 조용히 사과하는 게 어떻겠냐고 물었다.

"이웃사촌 아닙니까?"

그의 웃음이 희주를 조롱하는 것처럼 몹시 진득거렸다.

"물건을 훔치기도 했다면서요. 뭐였다더라? 아 달걀과 포도, 또? 그리고 매일 집 앞에 놓인 택배를 훔쳐보고 문을 쾅쾅 걷어차기도 한다고. 어디 아프세요?"

나이 어린 부사수가 불쑥 한 말이다.

"타협 안 되면 경찰서로 나와야 합니다."

사수 경찰이 얼른 말 머리를 돌렸다.

"옆집도 굳이 처벌까지는 원하지 않는다고 했으니…… 많이 참으시는 것 같던데, 서로 잘 타협하세요."

옆집에서 신고 취소한다는 연락이 없으면 경찰서로 나오라는 출두요구서를 보내겠다고 말하고 돌아갔다. 처음부터 다 보고 있었다고? 희주는 손*아 집 앞으로 천천히 걸어갔다. 그리고 모자와 마스크를 벗었다.

"진즉 알았어야 했어. 너를 만나지 않고도 소통할 방법이 있다는 것을. 달걀을 훔쳤다고? 옷도 훔쳤어? 내가? 문도 걷어찼다고? 이렇게?"

희주는 두 발을 번갈아 가며 4호 현관문을 걷어찼다. 쾅쾅 쾅 쾅……. 둔탁한 소음이 공간을 울렸다. 도어록 속에서 가는 신음이 들리는 것 같았다.

문턱

잠들었던 것들이 툭툭 어깨를 털고 일어서는 순간, 어둠은 소리 없이 사라진다. 어둠 속에서 일어선 자들의 투쟁, 그것들이 질긴 인내와 각오를 요구하며 문턱을 넘는 순간, 아침은 또 하나의 새로운 역사를 쓰는 전선으로 바뀐다. 꼼짝 못 하고 병실 침대에 누워만 있는 나에게도 삶은 투쟁이다. 사느냐, 죽느냐. 나는 오늘도 질긴 운명과 싸운다. 생명의 녹슨 칼을 갈고, 뜯어진 운명 주머니를 한 땀 한 땀 기워 목숨을 이어간다.

침대 앞에 붙어 있는 나의 이력,

93세 치골 파절 환자. 이름 정미소. 입원 일자 202X년 X월 X일

앞산 가득 만개한 아카시아 향기가 도둑처럼 살금살금 마을 안까지 숨어들던 5월의 첫 새벽 세 시쯤 됐을 때였다. 새로 집을 짓고 40년을 살아온 내 집, 눈을 감고 걸어도 손 끝 하나 부딪히지 않고 걸을 수 있는 거실을 지나 막 화장실 문턱을 넘으려는 순간, 나는 무엇에 걸렸는지 그만 엉덩방아를 찧고 말았다. 그때 나를 확 밀치고 지나간 밤의 정령 같은 게 있었을까? 어쩌면 친정아버지 가실 때처럼, 문밖에 대기하고 서 있던 저승사자가 발을 걸었을 수도 있었다. 그 시간은 내가 저녁 일곱 시에 수면제를 먹고 아홉 시쯤 잠들어 곤하게 자다 요의를 느끼고 일어나는 시각이다. 나이 들어 수면제 없이는 잠을 이루지 못하던 어느 날부터 시작된 습관이니 적어도 10년은 됐을 거다.

집안 곳곳에는 여러 개의 문턱이 있다. 현관에서 거실을 넘는 문턱, 다시 거실에서 방으로 들어서는 문턱, 2층을 오르는 계단과 계단 넘어, 또 다른 거실과 이어지는 방에도 같은 높이의 문턱이 있다. 그러나 단 한 번도 문턱에 걸려 넘어지거나 주저앉은 적은 없었다. 나는 분명 그날, 누군

가가 나를 밀치는 어떤 힘을 이기지 못하고 넘어졌다고 생각한다. 그것은 한 자루의 초가 다 타고나서 마지막 체온으로 불꽃을 감싸고 있을 때 훅 하고 불어 들어온 바람이 불꽃을 꺼버리는 것과 같았다.

아흔이라는 이름을 달고 처음 맞이한 생일날 아침, 딸애가 굵고 긴 한 개의 초를 케이크에 꽂고 "엄마, 이건 구십 개의 초야"라고 말한 날부터 내 방 앞에는 검은 갓을 눌러 쓴 남자가 서성대기 시작했다. "누구세요?" 물으면 그는 어둠 속으로 몸을 숨겼고, 잠들었다 설핏 눈을 뜨는 어떤 날은 그가 머리맡에 서 있는 게 보이기도 했다. 그런 날은 어김없이 아들과 며느리가 두런두런 내 걱정을 하는 소리가 문턱을 넘어왔다.

"어머니 치매가 시작되나 봐요. 밤중 화장실 출입 못 하게 해야 할 것 같아요. 저러다 넘어지면 어떡해요."

괘씸한 것들! 나는 밤에 일어나 내 발로 화장실 가는 걸 마지막 자존심처럼 생각했다. 내 손으로 밥을 먹고, 이를 닦고, 낡은 화장대 앞에 앉아 주름 자글자글한 얼굴에 분을 바르고, 젊은 시절 밤새워 가르고 삼은 모시 발처럼 허옇게 빛바랜 머리를 촘촘히 빗어 내리는 일이 자랑스러운 내 일이었다. 누구에게도 빼앗기고 싶지 않은, 누구의 도움도 받고 싶지 않은 내 일. 그런데 그걸 못하게 하겠다고?

나는 119 응급차에 실려 병원에 가서 CT를 찍고, 의사가 끌끌 혀를 차며 치골뼈가 조각났어요, 라고 말하기 전까진, 나이를 드러내지 않고 자존심을 지킬 수 있는 제법 깨끗하고 용모 단정한 노인이었다. 그러나 병원 침대에 눕는 순간부터 내 삶은 달라지기 시작했다. 어쩌면 이대로 죽을지도 모른다는 걱정과 문밖에 저승사자가 다가선 것을 감지하게 되는 시간이 많아졌다.

3주간의 치료를 끝내고 의사가 퇴원을 종용하자, 아들은 이제는 너무 낡아 더는 집 안에 둘 수 없는 가구를 버리듯 나를 이곳 요양병원으로 실어 왔다. 나는 이제 재활용도 되지 않는 폐기물이라는 사실을 실감하는 순간이었다. 아들은 얼굴에 미소를 띠며 엄마는 전처럼 밥도 혼자 먹을 수 없고, 화장실도 혼자 갈 수 없으며, 이를 닦고 세수를 한 후 얼굴에 곱게 분도 펴 바를 수 없는 환자가 되었으니 이제는 전문 간병인과 의료 시설이 갖추어져 있는 이곳에 머물며 치료받아야 한다고 말했다. 이곳은 치매뿐 아니라 관절이 약한 어르신들 재활치료도 잘하는 꽤 지명도 높은 병원이니 열심히 운동해서 빨리 집으로 가자고 당부까지 했다. 내가 젊은 시절 그랬던 것처럼, 아들은 아이들을 키우기 위해 돈을 벌어야 하고 이것저것 할 일이 많아 함께 있을 수 없다고도 했다. 그런 아들의 뜻을 따르는 것, 그건 선택이 아니라 통보였다. 물론 나는 안다. 내 아들이 얼마나 효심 지극한 아들인지를. 가구를 버리는 일은 효심과는 전혀 다른 문제라는 것도 잘 알고 있었다.

*

남편은 폐에 물이 찬다는 진단을 받고 보름간 중환자실에 누워있다가 잠자듯 갔다. 주위에서는 모두 죽음 복을 타고 났다고 했다. 당연히 그렇게 말할 수 있지만 나는 가장 소중한 보물을 도둑맞은 것 같아 분하고 서러웠다. 그러나 막상 내가 눕고 보니 병원 침대는 절대 오래 누워서는 안 될 곳이다. 남편이 평소 장난처럼 "내가 먼저 갈 테니 애들하고 좀 더 재미있게 살다 오소" 했던 말은 유언이 됐다. 아들은 내가 죽으면 남편과 나란히 누울 자리도 같은 무덤 안에 만들어 두었다고 했다. 마치 안방 침대에 베

개 두 개를 나란히 놓아주던 것처럼 정갈하게 손질한 다음 흙을 덮었을 거다. 그곳에 먼저 누운 남편은 이미 흙이 되어 무無로 돌아갔다. 나도 그런 남편과 보조를 맞추려고 밥을 줄이고 물을 적게 마시고 다디단 간식도 줄였더니 몸이 미라처럼 말라간다. 혹시라도 죽어 남편을 다시 만나면 나를 쉽게 알아보라고 생각해 낸 비책이다.

뒷집 병호어매도 이곳에서 죽었다. 도살장으로 끌려가는 늙은 소처럼 가기 싫다고 뚝뚝 눈물 흘리며 마을을 떠난 후 돌아오지 못했다. 마음에 걸려 한 번 면회를 갔었다. 병원으로 들어서니 봄날 담장 아래서 졸고 있는 병아리들처럼 침대에 앉거나 누워서 졸고 있는 노인들이 보였다. 병원서 주는 신경안정제가 노인들 잠을 재우는 약이라는 말이 떠올라 등이 서늘했다.

"아들보고 집에 데려다 달라고 해. 바보처럼 누워만 있지 말고."

"집에 가면 이런 나를 누가 돌봐줘요. 여기선 때 되면 밥 주고, 싸면 기저귀 갈아주고 목욕도 시켜주고 치료도 해주지만, 집에는 그럴 사람이 없잖아요. 그러니 여기가 집이라 생각하고 있어요. 아들도 그러기를 바라고요. 이제는 누워만 있어서 다리 근육도 다 빠졌고 걷지도 못해요." 이러고 얼마나 더 살까. 눈물 훔치는 그가 안쓰러워 가방 깊숙이 넣어둔 저승 노잣돈까지 꺼내줬다. "배 골치 말고 뭐래도 사 먹고 기운 차려." 병원을 나서며 마당에 붉은 꽃을 머리 가득 달고 서 있는 배롱나무를 봤다. "이곳에 들어오면 죽어서 몸 벗지 않고는 못 나가요." 나무를 올려다보며 병호어매가 하던 말이 생각났다. 맞는 말일 게다. 병호어매는 여기서 1년을 더 살고 죽었다.

*

혜민 요양병원 312호실, 내가 누워있는 방이다. 이 방에는 나 말고도 두 명의 노인이 더 기거하고 있다. 그들 또한 나보다 더 많은 이유와 사연을 담고 이곳에 왔을 수 있다. 그들은 지금 곤한 잠에 빠져 있다. 그들 중 누군가 간간이 코를 고는 소리가 들린다. 그러나 나는 잠들지 못하고 있다. 몹시 목이 마르고 요의도 느끼지만 내 곁에는 도와줄 아무도 없다. 침대 난간에 걸어둔 물병을 잡아당겨 보려고 손을 뻗어보지만 어림없는 거리다. 벽에 걸린 시계가 열두

시를 가리킨다. 이 시각이면 간호사나 간병인도 깊은 잠에 빠져 있을 거다. 그들을 깨울 수는 없으니 내일 아침까지는 어떡하든 참아내야 한다. 잠이 오지 않으니 더 목이 탄다. 이런 제기랄!

설핏 누군가 방 안으로 들어서는 기척이 있다. 고개를 돌려 문 쪽을 보니 하얀 가운을 입은 남자가 문을 밀고 들어선다. 간호사인가? 아니면 의사? 남자가 방 안을 휙 둘러보고는 천천히 나를 향해 걸어온다. 그런데 그의 발소리가 들리지 않는다. 바람처럼 내 곁으로 다가온 그가 나를 내려다본다. "물 좀 줘." 내가 힘겹게 입술을 달싹이자, 남자가 물병을 입에 대준다. 정신없이 물 한 병을 다 마셨다.

"고마워라. 그런데 어떻게 이 시각에 깨어 있었수? 새로 왔수? 얼굴이 낯서네."

남자는 못 들은 척 잠시 서 있더니 휑하고 방을 나가버렸다. 다른 환자를 돌봐주러 옆방으로 간 건가. 나는 그가 사라진 문 쪽을 망연히 바라봤다.

문밖에 서 있던 검은 갓을 눌러 쓴 사내가 오늘은 보이지 않는다. 내가 그렇게 금방 죽을 줄 알고? 이제 저승사자 정도는 겁도 나지 않는다. 사는 날까지 살다 때 되면 가는 거지 뭐.

물을 마시고 나니 졸음이 쏟아진다. 남자 덕에 단잠을 잘 수 있을 것 같다. 그가 전등 스위치를 내리고 갔는지 금세 방 안이 암흑 속으로 빠져들었다.

같은 방을 쓰는 김말녀 할매와 이미자 할매는 이곳에 온 지 5년이 지났다고 하니 여기가 그들의 집이고 방이다. 사실 따지고 보면 침대 하나가 각자의 방이고 세상이고 우주인 것이다. 출입문 옆 침대를 쓰는 김말녀 할매를 병원 식구들은 '오지랖 할매'라고 부른다. 또 그 옆에서 낮이고 밤이고 잠만 자는 이미자 할매는 '잠자는 공주'라고 부르고 나는 이름처럼 미소가 곱다며 '미소 할매'라고 불러준다. 병원 사람들은 노인들 개성과 습관에 따라 이름보다는 애칭으로 불러주며 서로의 우의를 돈독히 해주고자 노력한다.

병원으로 실려 오던 날, 차 문을 열자 묵직한 늙은이 냄새가 코를 찔렀다. 나는 심하게 토악질했다. 냄새에 민감해 젊어서는 입덧도 심했고 버스의 휘발유 냄새도 못 맡아 오일장을 걸어서 다녔다. 평소에도 병원 냄새를 별로 좋아하지 않았다. 그런데 요양병원 냄새는 더 독하고 진하다. 나는 늙어서까지 바뀌지 않는 비위 때문에 먹지 못하는 것도 많다. 병원 측에서는 창 쪽으로 내 침대를 옮겨주고 간병인이 대소변 기저귀도 바로바로 갈아주겠다고 달랬다.

그런 나를 오지랖 노인이 한심하다는 듯 바라봤다. 당신이 지금 더운 밥 찬밥 따질 신세여? 그의 눈초리가 끌끌 혀를 차는 것처럼 매섭게 나를 따라붙었다. 나도 독 올라 고개를 빳빳하게 쳐든 독사처럼 도끼눈을 뜨고 그를 노려봤다. 내 신세가 어때서? 우리의 보이지 않는 기 싸움은 그날부터 그렇게 시작된 셈이다.

그는 아들 며느리랑 아파트에서 살다 제 발로 이곳으로 들어왔다고 자랑스럽게 떠들었다. 꼬장꼬장한 성격 탓인지 여든다섯이라는 나이보다 훨씬 정정해 보인다. 틈만 나면 병원 곳곳을 휘젓고 다니며 이런저런 소식을 물어 나른다. 아무도 올라가지 않는 3층 치매 환자들 병실까지 스스럼없이 드나든다고 간병인은 혀를 내둘렀다.

"별일을 당해도 놀래지도 않아요. 하여튼 강심장이야."

오지랖 할매와는 달리 잠자는 공주 할매는 내가 이곳에 온 후로 눈을 뜨고 있는 걸 보지 못했다. 간호사 말로는 신경이 예민해 사람들과 어울리지 않으려고 자는 척하는 거라고 했지만, 내가 보기엔 다른 노인들과는 별로 어울리고 싶지 않은 일종의 오만 같아 보였다. 치매 초기라지만 심하진 않아 보였고, 가끔 섬망에 빠져 고래고래 소리를 지르거나 현실과 꿈을 구분 못 하고 간병인을 잡는 게 흠이었다. 공주 할매가 꾸는 꿈은 대부분 화투를 치며 생기는 언쟁이었다.

"저 광 아무도 먹지 마. 나 이번에는 오광으로 날 테니까."

그는 꿈을 깨고 나면 돈을 잃었다고 속상해했다.

"2000만 원 잃었어."

사람들은 그가 젊어서 어지간히 화투를 좋아했을 거라고 수군거렸다. 확실치는 않지만, 남편 속깨나 썩인 도박판의 거두였을지도 모른다고도 했다. 그렇지 않고서야 어떻게 노인 입에서 2000만 원이라는 숫자가 거침없이 튀어나올 수가 있는가. 거기다 누구 하나 그녀를 찾아오는 사람이 없었다. 병원 식구들은 그가 어떻게 살았을지 짐작이 간다는 눈치들이었다. 이건 병원 실무진들만 아는 이야기지만 언젠가는 검은 안경을 쓴 어깨가 떡 벌어진 젊은 남자 서너 명이 찾아와 잠자는 공주에 관해서 묻고 간 적이 있다고 했다. 간병인은 그가 숨겨놓은 재산이라도 있을까 봐 빚쟁이들이 찾아온 게 아니었겠냐고 입을 비죽대기도 했다. 나는 흐릿한 눈으로 그를 바라봤다. "그래서 사람은 바르게 살아야 하는 거. 글고 다 걸려도 치매는 걸리지 말아야지." 중얼거려 보지만, 사람 앞일을 누가 아나. 치매 환자는 하루하루 늘어만 가는데 나라고 예외가 될 수 없다. 누워서 이 생각 저 생각하다보니 눈이 아프고 오금이 저린다.

*

오늘은 물병을 쉽게 손닿을 수 있는 자리에 놓아달라고 간병인에게 부탁했다. 어젯밤, 그 잘생긴 남자 아니었으면 잠도 못 자고 밤을 꼬박 새웠을 거라고 말하자 간병인이 고개를 갸웃했다.

"그 밤에 웬 남자요?"

"나도 처음 보는 얼굴이던데, 덕분에 물 한 병을 다 마셨어."

간병인이 물병을 열었다.

"물 그대로 있는데요. 미소 할매 또 정신 놓았었구나. 물은 꿈속에서 드셨나 봐."

그럴 리가 없다. 나는 분명 깨어 있었고 물도 한 병 다 마셨다. 내가 왜 없는 거짓말을 하나. 오늘 밤에 그가 오면 어디서 근무하는 누구인지 꼭 물어봐야겠다. 여기서는 조금이라도 이상한 행동이나 말을 하면 단번에 치매라고 오해받는다. 대부분 여기에 온 노인들은 약간의 기억장애나 치매 증상이 있다. 그러니 아니라고 우기지도 못한다.

"미소 할매 혹시…? 어떤 할아버지 생각하는 치매 오는 것 아닐까?"

"뭣여?"

단 하루도 사건 사고가 없는 날이 없는 이곳 요양병원, 나도 먼저 들어온 노인들이 걸어간 길을 거부하지 못하고 따라가고 있다. 치골뼈가 망가지고 척추뼈가 내려앉고, 이제는 치매까지…….

창문 너머에서 힐끗힐끗 방 안을 훔쳐보던 하늘이 적묵색으로 짙어 갈 즈음, 남자가 병실로 들어섰다. 나는 먼저 남자의 발을 봤다. 미끄러지듯 소리 없이 들어서는 그의 발, 그는 천천히 나를 향해 다가오더니 맞은편 침대에 걸터앉았다.

"어디 갔다 온 겨?"

그가 대답 없이 빤히 나를 봤다. 이상하게도 그에게서는 묘한 냉기가 흐른다. 긴 속눈썹 끝에 매달려 대롱거리는 물기, 저건 뭘까? 길게 뻗은 목 고대를 감싼 흰 셔츠의 깃이 젖어있다. 창백한 입술, 별로 날렵하지 않은 콧날, 이발할 때를 놓친 듯 텁수룩한 머리칼과 턱수염, 며칠 전 이 방에 들어왔을 때와 별반 달라지지 않은 남자의 몰골이 가을 논을 지키는 허수아비처럼 쓸쓸해 뵌다.

"나한테 뭐 할 말이라도 있는 거야? 발은 왜 그렇게 젖었고?"

흙과 물에 젖어 더럽고 지저분한 그의 구두가 매우 낡았다.

"밥 안 먹었으면 냉장고에서 뭐래도 꺼내 먹어."

내가 제법 크게 말했지만, 남자는 못 들은 것처럼 딴전을 피웠다. 그리고 나를 멀거니 바라보더니 휭하고 방을 나가버렸다. "워디 가?" 나는 목청을 돋워 그를 불렀다. 오지랖 할매와 잠자는 공주는 누가 들고 나는 것도 모른 채 세상 모르고 자고 있다. 지금, 이 병원에는 남자와 나만 깨어 있는 것처럼 고요하다. 아니 적막하다. 참, 이름이 뭐냐고 물어봐야 했는데 깜박했다.

내일은 휠체어를 타고 밖으로 나가 병원 주위를 둘러봐야겠다. 침대 위에서 태어나 침대 위에서 살다 침대 위에서 죽는 게 인간의 삶이라지만, 병실을 벗어나지 못하고 침대에 누워 이어가는 연명뿐인 삶은 형벌과 같다. 노인들이 툭하면 빨리 죽고 싶다고, 마음에도 없는 말을 하는 건 빨간 거짓말이다. 그런 말이라도 해야 자존심을 지킬 수 있다고 생각하는 거다. 내일은 꼭 밖으로 나가 화단 가득 핀 장미 향기를 맡아보고 싶다.

*

나는 지금 바쁜 간호사를 붙잡고 30분째 자식 자랑을 하고 있다.

자식이 여럿이다 보니 감출 흉도 많지만 내보이고 싶은 자랑거리도 많다. 듣는 사람에 따라 자랑이 아니라 흉이 될 수 있는 것조차 묘하게 포장할 줄 아는 재주, 그건 하늘이 내게 준 특별한 선물이다. 간호사는 내 자랑을 들어주는 값이 병원비의 반을 차지하는 줄 알라고 말하곤 한다. 물론 오늘 자랑은 간호사가 먼저 요청한 거다.

"오늘은 미소 할매 어떤 자랑을 해보실까?"

"몇 분짜리로 듣고 싶은데? 자식마다 시간이 다 다르거든. 30분짜리부터 한 시간짜리까지. 더 걸리는 자식도 있어."

간호사가 배를 잡고 웃더니 30분짜리로 들려달라고 한다. 노인정에 나가거나 친구를 만나면 입이 닳도록 해온 자랑이라 이제는 혀에 달라붙은 레퍼토리가 있다. 30분짜리는 검사인 둘째 아들 자랑, 직함을 잘 몰라 그냥 국무총리라고 얼버무리는 교육부 수장인 막내 사위 자랑도 30분짜리다. 대기업 다니다 이직한 큰 사위, 대학교수인 둘째 사위, 한의원을 개업한 셋째 사위 자랑을 할 때는 약간의 동작이 필요해서 시간이 더 걸린다. 사위는 아들인 내 자식과는 달리 함께하지 않은 시절이 있으니 잘 짜인 감정이입이 필요하기 때문이다.

대학 졸업 후 교직에 몸담은 네 딸 자랑도 큰 자산이다. 딸들 자랑은 시댁 자랑과 함께 엮다 보니 시간이 꽤 걸린다. 그런데 며느리 자랑은, 자랑 반열에 잘 올리지 않는다. 이유랄 것도 없지만 그냥 그렇다. 그래도 40년을 한집에서 산 큰며느리 자랑은 한 시간 갖고도 쉽게 끝낼 수 없는 특별함이 있다. 한 동리에 사는 셋째와 넷째아들의 곰살맞은 보살핌과 애틋한 정은 눈물 콧물 섞어가며 풀어낸다. 이 자랑들은 결국 내가 살아온 세월이고 추억이고 자부심이다. 넘어져 찢어진 상처까지도 세월이 지나고 보니 자랑이 되기도 하고 그리움이 되기도 한다. 내가 주책맞은 노인처럼 툭하면 자랑을 늘어놓는 것은 다 지나간 시간이 못 견디게 그리워서다.

오늘은 둘째 아들 고시 공부할 때 절에서 기도한 내용을 들려주기로 했다.

"둘째 아들 시험을 며칠 앞두고 내일쯤 절로 기도 올리러 가야지 준비하고 있었어. 그런데 마을에 초상이 나려고 한다는 소식이 들려오더라고. 나는 기도에 부정이라도 탈까 싶어 준비해 놓은 공양물을 머리에 이고 늦었지만 집을 나섰지. 집에서부터 절까지는 한 시간 하고도 30분은 더 걸어야 하는 가파른 산길인데 너무 늦게 길을 나서고 보니 금세 산그늘 어둠이 주위를 삼켜버리더라고. 길은 안 보이지, 머리에 인 공양물을 무겁고, 등에 땀이 물처럼 흘러 내렸어. 공양물 무게에 눌린 목이 자라목처럼 몸속으로 쏙 들어가 버릴 것처럼 힘이 들었지만, 그렇다고 부처님께 올린 공양물을 아무 데나 내려놓을 수는 없었어. 부정 타면 안 되니까. 그냥 참고 걷고 또 걸었어. 나뭇가지에 몸이 긁히고 목이 타고 숨이 차 죽을 것 같았지만 오직 아들 생각만 하며 관세음보살님을 불렀어. 그래도 그 믿음이 죽지 않고 절까지 걸을 힘이 되어줬지. 절에 도착하니 스님이 막 나무라시더군. 내려놓고 올라와 말하면 내가 가지러 갈 텐데 왜 이렇게 무모한 짓을 했냐고, 부처님이 중생의 마음도 모르는 분인 줄 아느냐고. 그렇지만 난 뿌듯했어. 내가 이고 온 공양물이 비록 흔한 쌀과 과일 정도지만, 이 쌀로 밥을 지어 부처님께 올릴 수 있다는 게 감사했거든.

그날 밤을 새워 기도했지. 옆에서 스님이 지성으로 함께 기도를 이끌어주셨고. 새벽녘, 비몽사몽간에 내가 큰 바다 한가운데 앉아 있는 환영을 봤어. 멀리서 스님의 금강경 독경 소리가 들려오더니 내 주위로 연꽃이 한 송이 두 송이 피어나는 거야. 나는 더 힘을 내어 기도를 올렸지. 그러자 이번에는 바다 전체가 연꽃으로 뒤덮인 중앙의 금빛 좌대에 내가 앉아 기도하고 있는 게 보였어. 너무 놀랍고 감동적이었어. 그해 아들이 사법시험에 합격했지. 그리고 검사가 됐어. 나는 아들에게 말했어. '인간의 법보다 중생을 먼저 생각하는 자비의 마음으로 네 일을 해나가거라.' 아들은 어미 말을 흘려듣지 않고 어려운 사람들을 돕기 위해 애를 많이 썼지. 나는 그때 그 기억을 잊을 수가 없어. 그 찬란한 연꽃의 아름다움과 향기를, 부처님의 가피를……."

간호사가 가만히 내 손을 잡았다.

"부처님이 왜 중생을 똑바로 바라보지 않고 눈을 내리깔고 그 수많은 기도를 듣고만 계시는 줄 알아? 중생들 욕심이 너무 과해서야. 그걸 스스로 알아채고 마음을 비우면, 부처님은 그때 고개를 들고 마주 보며 웃어주시지. 지금 간호사 님이 내 얘기를 들으며 눈을 맞춰 주는 것처럼. 그게 사랑이고 자비야. 이곳 침대에 누워 돌아보니 나도 평생 내 얘기만 하고 살았더라고. 저기 문 앞에 서 있는 검은 갓을 쓴 남자 보여? 저 남자가 보이면 더는 가슴에 욕심을 담으면 안 되지. 갈 날이 머지않았다는 거니까."

"뭐가 보인다고 그래요? 밤에도 어떤 남자가 찾아왔다

더니. 그 사람 모습 한번 얘기해 보실래요?"

"키가 좀 크고 말랐어. 마흔은 넘은 듯 하던데 눈이 크고 얼굴도 좀 길고 또……."

간호사는 잠시만요, 하더니 밖으로 나갔다. 그리고 이내 사진 한 장을 들고 들어왔다.

"혹시 이 사람?"

"맞아 이 사람이야."

"이 사람 여기 병원에서 일하다 죽은 의사예요. 간혹 어려운 환자가 있으면 나타나 도와준다고 말하는 분들이 있긴 한데, 미소 할매까지 이런 말 할 줄은……."

나는 그가 왜 떠나지 않고 병원을 맴도는지 궁금했다. 긴 속눈썹 끝에 달려 대롱거리던 슬픔이 환자의 고통을 외면할 수 없어서라면, 나는 그를 도와줘야 하지 않을까 싶었다. 어쩌면 내가 해결하고 떠나야 하는 마지막 숙제를 주기 위해 그가 나를 찾아오는 것일 수도 있었다. 꼭 그를 만나 그 이유를 묻고 싶었다.

*

　오지랖 할매가 다가왔다.

　"아이고 무슨 할매가 그리 수다스러워, 남사스럽게. 어제 보니 바쁜 간호사 붙잡고 얘기가 한나절이더구먼. 자식을 빙아리 까듯 여덟씩이나 낳고는 그게 무슨 자랑이라고."

　오지랖 할매가 눈을 곱게 흘겼다.

　"암탉이 병아리 키우는 것도 지켜보면 눈물겨운데 자식 여덟을 그렇게 잘 키워내기까지 미소 할매 얼마나 많은 눈물을 흘렸을까? 안 봐도 훤하다."

　"내가 키운 게 아니라 저희가 잘 커 줘 내가 고마운 거지 무슨 고생을…."

　"요즘은 자식이 많건 적건, 때 되면 다 여기로 들어와 머물다 가는 세상이 돼 버렸는데, 무슨 영화를 보자고 그 고생을 했냐는 말이지 내 말은. 나는 내 발로 여기 들어왔소. 들어오고 나니 얼마나 마음이 편한지. 외로운 거야 집이나 여기나 마찬가지고. 내 발로 오고 보니 누구한테 섭섭한 것도 없고, 아들 면도 세워 줄 수 있고. 나는 어머니 요양병원으로 못 가시게 말리고 또 말렸는데 어머니가 어기고 들어왔다고, 우리 아들 그렇게 말하고 다니는 것 같습디다."

"나도 애들보고 그렇게 말하라고 해야겠네. 모양새가 좋구먼."

남편이 살아있었다면 나를 절대 이곳으로 보내지 않았을 거다. 주말에 교대로 얼굴 디미는 자식들은 도착하기 무섭게 바쁘다는 말부터 한다. 제 자식을 위해서라면 입에 들어간 것도 뱉어줄 것처럼 호들갑 떨면서도 어미에게는 그런 정이 솟지 않나 보다. 내리사랑이라고, 나도 그랬으니 할 말도 없다.

"요즘은 자식들 힘들다고 본인이 스스로 요양병원 찾아오는 분들이 많아졌어요. 병원비도 장례비도 본인 통장에서 자동이체 시켜놓고, 어떤 분은 죽으면 제사 지내달라는 돈을 맡기는 분도 있어요."

간병인이 이 방 저 방 돌며 주위들은 이야기를 쏟아냈다. 듣고 보니 별로 기분 좋은 이야기가 아니었다. 그깟 병원비? 억만금이 들어도 당연히 자식이 내야지, 내가 저희를 어떻게 키웠는데, 목까지 올라온 말은 차마 하지 못하고 삼켰지만 정말 당연한 것 아닌가.

"오지랖 할매, 우리 이번 달은 치킨 말고 피자 먹어요. 네? 나 피자 먹고 싶어요."

배라 묵을, 벼룩의 간을 빼먹지. 나는 오지랖에게 피자를 먹자고 조르는 간병인을 향해 눈을 찢어지게 흘겼다. 오지랖이 매달 나오는 노인 연금으로 병원 전체 식구들한테 치킨을 산다는 걸 오늘에야 알았다. 오지랖은 3층에 올라가 중증 치매 환자들도 돌봐준단다. 그런데 이런 보시까지 하다니. 사람 속은 수박처럼 쫙 갈라봐야 그 속을 알 수 있다더니 오지랖 노인을 두고 한 말 같았다.

지난 주말 서울서 내려온 내 둘째 며느리도 오지랖 노인을 피해 가지 못했다. 붙잡고 시어머니가 수다스럽다고 얼마나 흉을 봤던지 며느리 입꼬리가 샐쭉 올라갔다.

"우리 어머니는 자식 자랑 해도 될 만큼 훌륭하신 분이세요. 그러니 그런 말씀 마세요."

암팡지게 쏘아붙였더니 "그렇게 잘 알면서 왜 여기다 처박아 두고 안 모셔가. 그렇게 훌륭한 어머니를……." 하면서 마치 자기가 내 며느리의 시어머니라도 되는 양 야단을 친 모양이었다. 며느리는 그날 내 손에 제법 두툼한 돈 봉투를 쥐여줬다. 나는 그 봉투를 열어보지도 않고 오지랖을 불러 건네줬다.

"요긴하게 써."

정말 돈이 필요한 사람은 내가 아니라 오지랖 할매였다.

*

지난밤, 3층에 있던 고달식 노인이 죽었다. 이곳에 죽음이 처음도 아니지만 마치 검은 보로 병원 전체를 덮어씌운 것처럼 곳곳이 어둡고, 칙칙하게 가라앉았다. 오지랖은 점심때가 지나도록 일어날 생각을 안 했다. 모두 오지랖을 걱정했다. 노인들에겐 몇 발짝 앞서 걷기도 뒤처져 따라 걷기도 하는 도보 여행 같은 죽음이 예사로울 수가 없었다. 물론 나는 맨 앞에 서 있다. 그렇지만 누가 나를 추월하여 선두에 설지는 아무도 모른다.

오지랖이 입을 연 건 그 주가 다 끝나가는 토요일 오후였다. 간호사가 과일 주스를 들고 들어와 고달식 노인 시신을 아들이 모셔갔다고 하자 못 이기는 척 자리에서 일어났다.

"자식이 있긴 있었나 보네?"

"있기만, 아들딸 사위에 마누라까지 있지."

오지랖은 그동안 시간이 나면 3층으로 올라가 치매로 정신 놓은 고달식 노인을 도와줬다.

"찾아오는 사람이 아무도 없는 거야. 불쌍해서 내가 좀 들여다봐 준 거지. 나 같은 노인이 도와줄 게 뭐가 있겠어. 마누라가 온 줄 알고 자꾸 헛소릴 해대는 게 안쓰러워 옆에 앉아 있어 준 거밖에 없어. 찾아오지도 않는 자식과 마누라하고 살았던 옛날이야기를 자주 하더라고. 어느 날은 그런 얘기를 하면서 히죽대기도 했고, 가끔 정신 돌아오는 날은 서러워 펑펑 울기도 했지. 늙은이가 치매도 더럽게 걸려 맨날 고추를 내놓고 앉아 있었어. 오줌똥을 질펀하게 싸놓고 치워주러 온 간병인 손을 자꾸 끌어다 거기에 댄다고 질색했지. 나보고는 젖 좀 만져보자고 어린애처럼 보채더라고. 말라비틀어져 아무짝에도 쓸모없는, 머리 허연 늙은이 젖을 만져 뭘 어쩌겠다고. 그래서 실컷 만지라고 대줬어. 장난감 주무르듯 갖고 놀다 싫증 나면 제 자리다 갖다 놓으라고 했더니 좋아하더라고. 사람이 애처럼 어려져야 죽는다고 했는데 욕심과 원망 다 내려놓고 죽은 건지 원."

"오지랖은 어떻게 그런 마음을 낼 수가 있었을까? 마지막까지 오지랖이 마누라였네."

"그 영감 근동에서 모르는 사람 없는 땅 부자였다. 욕심 많은 자식이 재산 탐나 껄떡대다 나중에는 부모 이혼까지 시키고, 결국은 엄니 재산까지 털어먹은 것 같더라고. 노인은 홧김에 아들과 재판까지 벌이며 싸우다 쓰러져 이곳으로 실려 왔고, 치매로 정신 놓고 있다 간 거지. 그 영감 아들이 변호사인데 부모하고 소송까지 벌인 썩을 놈이라고 하더라고. 그것도 자식이라고 낳아서 키웠으니, 누가 등신인 거?"

그 썩을 놈이 요양병원을 찾아온 건 의외의 사건이었다. 모두 죽은 노인의 아들을 그렇게 불렀다. 썩을 놈이라고.

노인은 죽기 전, 수천만 원이 든 통장을 오지랖 할매에게 전해주라고 원장에게 맡기고 눈 감았다. 모두 비밀처럼 말하지 않지만, 마지막 임종을 지켜준 것도 병원 의사와 간호사 그리고 오지랖 할매였다. 누구도 말 섞지 않는 자신에게 말벗이 되어준 동무, 그게 뭐 대수냐고 선선히 젖가슴까지 열어준 동무에게 마지막 주고 떠난 선물이 통장이었다. 그러나 그걸 안 썩을 놈은 치매 아버지가 한 행

동은 인정할 수 없다고, 그러니 그 통장은 자신이 가져가
겠다고 찾아왔다는 거였다. 오지랖은 그 통장에는 관심도
없었고, 통장을 맡아 가지고 있던 의사는 썩을 놈을 경찰
에 고발했다. 그게 법적으로 맞지 않는 일인지는 알 수 없
지만, 사람들 입쌀에 오르다 보면 못된 후레자식으로 낙인
찍혀 다시는 변호사 일 못하게 될 거라는 생각이었다고 했
다. 병원은 술렁거렸다. 결국 통장은 그 썩을 놈이 가져갔
다. 의사는 그 썩을 놈에게 유품과 통장을 전하며 정중히
말했다고 한다.

"치매에 걸려 우리 병원으로 오길 기도하겠습니다. 아버
지가 쓰시던 침대 그때까지 비워 놓겠으니 꼭 오십시오."

오지랖 할매는 오늘도 쉬지 않고 병원 이곳저곳을 돌아
다닌다. 3층 엘리베이터 앞에서 누군가 건네주는 요플레
를 받아 들더니 총총히 어느 방으로 들어갔다. 또 그녀가
젖가슴을 열어주길 기다리는 치매 노인이 나타났나 보다.

*

이곳에 온 지 3개월 만에 일어나 앉게 됐다. 의사 말대

로 시간이 뼈를 붙게 해준 것 같다. 한의사 사위가 지어온 보약을 먹어서 그런지 밥맛도 좋고 몸에 힘도 생겼다. 간병인이 내 휠체어를 밀고 병원 마당으로 나왔다. 얼마 만에 보는 푸른 하늘인가. 공기가 달다. 숨을 쉴 수 있다는 건 행복이다. 남편은 폐에 물이 차 숨을 쉴 수 없어 눈 감았다. 남편의 마지막 소원은 편하게 숨 한번 쉬어보는 거였다. 그러나 그 숨 한번을 쉬지 못하고 눈 감았으니 얼마나 가슴이 답답했을까. 죽음이 별건가. 내쉰 숨이 다시 들어오지 않으면 죽음이지.

내가 이렇게 오래 살 줄은 정말 몰랐다. 동리 정자나무 아래에 상 차려놓고 남편 노제를 지내던 날, 절대 연명 치료는 하지 않고 2년만 더 살고 당신 따라가겠다고 약속했었다. 상두꾼의 애끓는 노래가 마을 어귀를 벗어나 산모롱이를 돌아설 때까지 나는 계속 2년이란 말을 되뇌었다. 그 2년이 벌써 네 번 지났다. 아흔셋, 자식들이 머리 내두를 나이다. 그러나 아직도 내 귓가엔 그날 부른 상두꾼의 노래가 쟁쟁하다.

죽음은 이승에서 문턱 하나 넘는 거라고, 상두꾼은 목청 높여 노래 불렀다. 가슴 열어젖히고 창자부터 심장까지 하

나하나 모질게 끊어내던 노래, 그 노래는 자주 잠든 내 의
식을 깨운다. 그렇다고 생목숨 끊고 남편에게 갈 수도 없
고 자식들에게 입버릇처럼 하는 말도 사실은 거짓이다.
"오래 살아 미안하다." 그러나 난 솔직히 죽고 싶지 않다.

간병인은 장미가 핀 정원을 돌아 병원 뒤쪽으로 휠체어
를 밀고 갔다. 낯선 건물이 보였다. 병원 건물과는 쓰임새
가 달라 보이는 건물은 문이 굳게 닫혀 있었다.

"저긴 뭐 하는 덴가?"

건물 문 옆에 붙어 있는 큰 글씨가 보였지만 나는 글을
읽을 줄 모르니 물을 수밖에 없었다.

"장례식장요. 요즘은 병원과 장례식장을 다 한곳에 둬
요. 바쁜 상주들 생각해 빠르게 일을 처리할 수 있도록 돕
는 거죠."

부모 삼년상 끝날 때까지 무덤 옆에 막 짓고 시묘를 지
내지는 못할망정 죽은 부모 내다 버리는 일이 그렇게 급한
일이라니. 사실 요즘은 화장해서 강이나 산과 들에 분 날
리고 술 한 잔 부어 혼령 위로하면 모든 게 끝이라고 했다.
티브이에 나오는 그런 광경을 본 적이 있었다. 얼마나 깔

끔한가. 흔적없이 사라져 주는 게.

문득 밤에 찾아오는 남자 생각이 났다. 젊은 사람이 왜 죽은 걸까? 그리고 왜 떠나지 못하고 병원을 맴도는 건지, 간병인은 옛날이야기를 들려주듯 남자 이야기를 했다.

"그는 이 병원 설립자 아들이에요. 의대를 졸업하고 이곳에 내려와 아버지하고 같이 치매 노인들 돌보는 일에 전념했어요. 그때는 이 병원이 치매 전문병원이었거든요. 그의 꿈은 노인들이 치매에 걸려 기억을 잃어도 절대 불행하지 않게 여생을 보낼 수 있는 시설을 만드는 거였어요. 그러나 주위의 이해 부족으로 경제적 어려움을 겪게 됐고, 결국 병원이 남의 손에 넘어갔어요. 믿고 따른 스승이자 아버지인 병원장이 죽고 얼마 지나지 않아 그도 쓰러졌어요. 그가 계획한 이상향의 문턱이 너무 높았던 거죠. 그는 312호실에서 혼자 앓다 쓸쓸히 죽었어요. 그런데 어느 날부터 절박한 환자가 내는 고통 소리를 들으면 그가 병원에 나타난다는 소문이 돌았어요. 물론 그 모습은 환자에게만 보이고 다른 사람은 누구도 그를 보지 못한다는 거죠. 그런데 미소 할매가 그분을 봤다는 거잖아요?"

나는 고개를 끄덕였다. 이루지 못한 꿈 때문에 그가 병원을 떠나지 못하다니, 명치끝이 아려왔다.

나는 그를 수목장으로 뿌렸다는 배롱나무 곁으로 다가 갔다. 그리고 손목에 차고 있는 단주를 벗어 나뭇가지에 걸었다. 이제는 이승을 잊고 한 송이 붉은 배롱꽃으로 그가 피어나기를 진심으로 빌었다.

*

오지랖 할매는 오늘도 바쁘다. 이 방 저 방, 오전 안부라 도 전하러 다니는 건지 병원을 한 바퀴 돌고 와서는 뜬금 없이 영정사진 이야길 꺼냈다.

"영정사진은 찍어뒀지?"

"나 사진 찍는 것 싫어해."

"지랄, 그런 사진 말고, 사민증死民證 만들 사진 말하는 거지."

오지랖이 곱게 눈을 흘겼다.

"사민증이 뭐래?"

"뭐긴, 죽은 자들 등록증이지. 3층 고달식 노인이 죽기 전에 그렇게 말하더라고. 영정사진은 죽은 자들의 민증이라고"

오지랖 할매는 둘러다 붙이기도 잘한다.

"죽으면 가서 누울 자리는 신방처럼 꾸며 놨다면서 어째 그건 여태 안 찍어놨을까? 나는 절대 안 죽을 거야, 하고 배 내미는 생떼 같구먼."

"그려. 죽는다는 생각은 한 번도 안 해봤어. 이렇게 늙어서 여기까지 올 거란 생각도 안 했고. 항상 열아홉 청춘일 줄 알았지."

"저기 315호실 선녀 할매는 며칠 전 317호실 치훈 할배하고 밖에 나가서 영정사진 찍고 왔다드만. 둘이 그거 한다잖아, 그거."

"그거?"

"그것도 몰러. 애들 말로 그거. 커플 반지도 사서 껐다. 선녀 할매는 옷도 꼭 색깔 환한 것만 입지 않던가베. 늙은이가 아직도 눈웃음이 살아있잖여. 좋은 일이지. 늙은이라고 가슴 뜨거워지지 말라는 법 없응께. 젓가락 들 힘만 있어도 그게 일어선다는디. 그래서 그런지 두 노인네가 다른 노인네들보다 조금 싱싱해 뵈긴 하더라고. 히히."

잠자는 공주가 웬일로 귀를 열고 오지랖 얘기를 들었다.

"워찌 그려? 공주도 사진 안 찍어뒀어? 아니면 애인 생각나서 그랴?"

"내 화투 누가 가져갔어? 내놔, 빨리."

"지랄, 그 노무 화투. 그러잖아도 내가 화투 한목 사왔어. 공주 주려고."

오지랖 할매는 옷장 안에서 화투 곽을 꺼내 잠 깬 공주에게 건네준다.

"그렇게 허구한 날 잠만 퍼질러 자지 말고 이거라도 가지고 놀아 봐. 애인이 찾아오려나 신수점도 떠 보고, 오늘은 아파트 한 채 딸 수 있을까 돈 점도 쳐보고. 화투짝 가지고 놀면 치매 안 걸린다고 노인정 할매들 어지간히 동전 따먹기를 하더니만. 공주 할매는 노름꾼 같은디 워째서 치매가 왔을까? 오늘부터는 우리 셋이 함께 화투 쳐보자고. 워뗘? 이 침대 걸고 치는 거. 이 침대가 우리 전 재산이잖여. 혹시 숨겨 둔 비상금 있으면 몽땅 내놔 봐. 내가 다 먹어줄 테니께."

오지랖 할매 목소리가 문밖으로 날아갔다.

"나 청단 했어."

잠자는 공주가 목단 석 장을 들고 좋다고 흔들어 댄다.

312호실, 오지랖 할매, 잠자는 공주와 나 미소 할매는 지금 병실 침대를 걸고 내기 화투를 친다.

문밖 어디선가 뻐꾹새가 운다.

반야용선

하늘 문이 열린다는 시각 자시가 되자, 지장전에서 소종이 울렸다. 대기하던 봉사자들이 일제히 나와 준비해 놓은 초에 불을 붙였다. 종각 앞에서 용출봉龍出峰 산등성이에 이르는 50미터 거리에 훤한 불길이 나타났다. 바람이 촛불을 흔들 때마다 불길이 용틀임하듯 꿈틀거렸다. 불빛에 놀라 잠 깬 산새들이 여기저기서 꾸국꾸국 울음을 토했다.

바로 그때, 검은 옷을 입은 저승사자가 지장전 앞에 모습을 드러냈다. 창백한 얼굴에 검붉은 입술, 날카로운 눈매, 검은 갓으로 위엄을 갖춘 사자는 유령처럼 천천히 수련생들을 향해 다가왔다. "저승사자다." 누군가 놀란 듯 소리쳤다.

1부에서 유서 쓰기와 죽음 명상을 마치고 종각 앞에서 대기하고 있던 수련생 40명이 일제히 소리가 나는 쪽으로 고개를 돌렸다. 달빛 아래 드러난 사자 모습은 소름이 돋을 만큼 괴기스러웠다. 나도 두려움에 마른침을 꼴깍 삼켰다.

"정말 저승사자네."

내가 낮은 소리로 중얼거리자, 누군가가 옆에서 거들었다.

"자시가 되면 영적 기운이 세져 귀신들이 사방으로 돌아다닌다더니 정말 그런가 봐요."

순간 뜨거운 훈김이 등줄기를 거세게 훑어 내렸다.

저승사자의 등장과 함께 입관체험 2부 의식이 시작됐다. 사자가 먼저 산을 오르자, 장엄 염불을 독송하는 스님과 1조 수련생 열 명이 그 뒤를 따랐다. 나도 그 속에 섞여 걸었다. 2조, 3조, 4조 수련생들은 먼저 출발한 조와 30분 간격으로 산을 오르기로 되어 있었다. 수련에 참석한 사람들은 방학을 맞은 대학생들과 회사원들이었다. 나이가 제일 많은 송담 노인과 행색이 눈에 띄는 빨강 머리 여자, 그리고 나는 주지 스님 추천으로 특별히 이번 수련에 동참했다.

8월이라지만 삼베 수의 속으로 파고드는 밤바람이 제법 서늘했다. 송담 노인은 연신 밭은기침을 했다. 건강이 안 좋은지 낯빛도 어두웠다. 야간 수련이 노인에게는 무리인 것 같아 보는 사람들 마음이 편치 않았다. 뒤따라 걷는 빨강 머리 여자는 신고 온 신발이 불편한지 다리를 절뚝이며 걸었다. 야간 산행을 할 사람이 구두를 신고 오다니. 대학생 봉사자가 송담 노인과 빨강 머리 여자를 부축했다.

사자가 걸음을 멈춘 곳은 의상봉 아래 빈터였다. 나무그림자들이 을씨년스럽게 흔들거리는 빈터에 무덤 같은 열 개의 관이 놓여 있었다. 금방이라도 관에 누워 있던 시신이 관 뚜껑을 열고 나올 것처럼 분위기가 음산했다.

"수련생들은 본인 이름이 붙은 관 앞에 서십시오."

지도 법사의 명에 따라 열 명의 수련생이 각자의 이름표가 붙은 관 앞에 섰다. 이어 죽비에 맞추어 상단의 스님에게 삼배를 올리고 일제히 입관 발원문을 독송했다.

저는 이제 삼악도[1]를 여의옵길 원하옵니다

저는 이제 탐진치[2]를 모두 끊기 원하옵니다

저는 이제 반열반[3]에 어서 들길 원하옵니다

발원문 독송이 끝나자, 지도 법사는 관에 누우라고 지시
했다. 나는 신발을 가지런히 벗어 놓고 천천히 관에 누웠
다. 땅의 서늘함이 등줄기를 타고 온몸으로 퍼졌다. 숨소
리보다 심장 뛰는 소리가 더 크게 들렸다. 마치 거대한 산
짐승이 달려오기라도 하는 것처럼 땅이 흔들렸다. 쿵 쿵,
쿵 쿵. 나는 슬며시 눈을 감았다. 어깨가 관 벽에 닿아 몸
을 옴짝할 수 없었다. 높이 29센티미터, 넓이 42센티미터,
길이 190센티미터. 호화롭게 산 자나 비루하게 산 자나 마
지막 떠나는 길에 주어지는 관의 면적은 공평했다. 봉사

---

1 삼악도三惡道: 세 가지 궂은 길, 나쁜 일을 지은 업으로 장차 태
  어날 곳으로 지옥地獄, 아귀餓鬼, 축생畜生을 말함.

2 탐진치貪瞋癡:욕심·성냄·어리석음. 오욕 경계에서 지나치게 욕
  심을 내고, 마음에 맞지 않는 경계에 부딪쳐 미워하고 화내며, 사
  리事理를 바르게 판단하지 못하는 어리석음.

3 반열반般涅槃: 부처님이나 아라한 성자의 죽음을 이른다. 육신
  을 지니고 있으면서 깨쳤을 때는 열반이라 하고, 그렇게 열반을
  얻은 이의 죽음은 육신마저 해탈했기에 반열반이라 한다.

자가 허리를 굽히더니 끈으로 손과 발을 묶었다. 손이 묶이니 흘러내린 머리칼 하나 쓸어올릴 수 없었다. 봉사자는 이생의 마지막 양식이라며 마른 쌀 한 줌을 입에 넣어줬다. 쌀이 버석버석 입안의 숨을 막았다.

"죽음은 몸과 의식이 분리되는 해체입니다. 이제 곧 그 작업이 시작될 겁니다."

지도 법사가 죽비를 쳤다.

딱!
딱!
딱!

죽비소리와 함께 몸과 의식은 해체로 들어갔다. 내가 차가운 수술대에 눕던 그날처럼.

출산 예정일을 며칠 앞둔 날, 나는 만삭의 몸을 뒤척이다 잠에서 깼다. 심한 요의를 느끼고 침대에서 일어나 화장실로 향했다. 거실을 가로지르는데 아이 무게를 이기지 못한 소변이 질금질금 다리를 타고 흘러내렸다. 서둘러 몇 발짝을 더 걸었을까. 배에 강한 통증이 왔다. 주르륵 뭔가 쏟아져 내리는 뜨거움을 느끼며 나는 비명을 지르고 그 자리에 주저앉았다. 소리에 놀란 남편이 달려왔을 때 마루가 온통 붉은 피였다. 배 속의 아이가 꿈틀꿈틀 요동을 쳤다. 구급차에 실려 가면서 병원만 가면 너도나도 안전할 테니 걱정하지 말라고, 배에 손을 대고 아이를 달랬다. 의료진은 하반신을 모포로 둘둘 말고 실려 온 피투성이 산모를 급히 수술대에 올리고 서둘러 검진을 시작했다.

"빨리 수술하지 않으면 산모도 아이도 다 위험할 것 같아."

그 소리를 듣는 순간, 내 안에 웅크리고 있던 어미의 본능이 뿔을 세웠다. 나는 몸을 벌떡 일으키며 소리쳤다.

"빨리 아이부터 꺼내요. 나는 죽어도 괜찮으니 내 아이는 살리라고요."

"혈압이 심하게 떨어져 당장 수술이 어렵습니다."

"상관없어요. 나를 포기하고 빨리 아이를 살려줘요."

내가 계속 소리를 지르자, 간호사가 퉁명스레 쏘아 붙였다.

"우리도 최선을 다하고 있어요."

간호사의 말에 내 간절한 호소는 더는 맥을 출 수 없었다. 그들은 산모냐, 아이냐 선택해야만 하는 딜레마에 빠진 상황이었다. 하지만 내겐 무조건 아이가 먼저였다. 만약 내가 아이 대신 살아난들, 나는 그 이후의 삶을 살아낼 수 없었다. 시트를 물들이는 하혈의 얼룩이 점점 짙어지면서 의식이 소리 없이 잦아들었다. 마지막으로 돌아본 세상은 적막했다. 저들이 내 뜻대로 아이를 살려줄까? 감은 눈 주위로 물기가 번졌다. 순간 벗어 놓은 신발이 떠올랐다. 아이와 함께 다시 그 신발을 신고 집으로 돌아갈 수 있을지. 내 아이가 누울 침대, 포근한 이불, 햇살 비치는 창을 엷게 가리고 있는 핑크빛 시폰 커튼…… 내 아이가 편히 누울 수 있는 그 방으로 가기 위해선 다시 신발을 신어야 했다.

240센티미터 신발 속에는 나의 모든 삶이 담겨있었다. 신발은 이승을 순항하는 반야용선이었다. 우주를 이고 선 머리, 갖가지 생각이 담긴 가슴, 뜨겁게 끓는 피와 차가운 이성까지, 아이를 뱃속에 품고 꿈꿔온 희망이란 시간도 내 신발 속에 오롯이 담겨있었다. 부모님을 한 줌 재로 태워 하늘로 날리던 날도, 의사가 환하게 웃으며 임신입니다,

축하를 해주던 날도 내 발을 감싸준 건 낡은 신발 두 짝이었다. 나는 신발이 이끄는 대로 세상 이곳저곳을 떠다녔다. 그게 내 삶이었다.

"좋은 신발 신으면 신발이 주인을 좋은 곳으로 데려가준대. 낡고 해진 신발은 그만 벗어."

생일 선물로 예쁜 플렛슈즈를 사주며 남편이 한 말이다. 오래 신어 볼이 벌어지고 여기저기 생채기가 났지만 쉽게 버릴 수 없던, 남편만큼이나 편하고 익숙한 신발. 그 신발은 내가 그동안 어떤 삶을 살아왔으며 어디를 순항하고 다녔는지 다 알고 있었다. 가지 말아야 할 곳에 갈 때는 잠시 멈춰 서게 했고, 기쁜 일이 있을 때는 한걸음에 달려가게 했다. 난 그 신발을 신고 아이와 함께 집으로 돌아가고 싶었다.

몸을 벗는 것은 또 다른 자유였다. 억압된 이승과의 탯줄을 잘라내는 일. 내 의식은 과감히 몸을 버리고 자유를 택했다. 두 눈을 꼭 감고 죽은 듯 누워있는 몸, 허둥대는 의료진들, 안절부절못하며 수술실 앞을 서성이는 남편, 그 모든 것을 뒤로하고 내 의식은 가볍게 구름 속을 날았다.

아이에 대한 걱정도, 내가 죽을지도 모른다는 두려움도 사라졌다. 나는 가벼워진 몸으로 새로운 세상을 향해 날아가는 한 마리 나비였다.

발아래 강이 보였다. 검고 푸른 강물 위에 배 한 척이 한가롭게 떠 있었다. 나는 그 배를 안다. 아버지 가시고 사십구재가 끝나던 날, 영가를 극락정토로 건네준다는 반야용선에 아버지 위패를 모셨다. 그리고 거칠게 파도치는 물결 위로 배의 뒤를 밀어줬다. 아버지는 짙은 안개 속으로 용머리를 돌리는 배 난간에 서서 내게 손을 흔들었다. 잘 있거라. 지혜의 배를 타고 강을 건너 피안의 세계로 들어가는 아버지를 삼킨 안개가 그날도 꽃 무리처럼 피어올랐다.

"아버지 나도 배를 타고 강을 건널까요?"

그때 나를 돌려세운 건 소리, 소리였다. 평생 온몸으로 자식을 지켜준 아버지 음성이 내 의식을 흔들었다. 아버지 음성은 범종 소리가 되어 머리를, 가슴을, 그리고 내 기억의 문을 마구 두드렸다. 일어나라 내 딸아. 뎅 뎅 뎅, 뎅 뎅 뎅……

눈을 떴을 때 누군가의 희미한 실루엣이 보였다. 나는 그를 향해 손을 뻗었다.

"아버지?"

실루엣이 한 발 더 나를 향해 다가서자 모습이 조금 더 선명해졌다. 그는 나를 수술해 준 의사였다. 순간 복부와 팔, 몸 곳곳에 심한 통증이 느껴졌다.

"회복실입니다. 이제야 의식이 돌아왔네요."

"나 살았나요?"

의사가 고개를 끄덕였다. 나는 안도의 숨을 쉬며 눈을 감았다. 내가 무엇을 잊고 있는지조차 모른 채 나는 편한 잠에 빠졌다. 죄스럽게도, 그건 달콤한 잠이었다.

관 뚜껑이 닫힌다. 달빛이 사라지고 한 줌 바람마저 사라지자, 어둠이 이불처럼 전신을 감싸 안는다. 죽음은 어둠이다. 아니 공포다. 나는 공포를 밀어내고 죽음을 느끼기 위해, 천천히 몸의 힘을 빼며 주문을 걸었다. 나는 죽었다. 죽었다. 관 뚜껑을 두드리는 해머의 둔탁한 소리가 탕, 탕 고막을 찢었다. 싸르륵, 싸르륵, 얼굴 위로 흙 쏟아지는 소리, 목탁 소리, 스님의 염불 소리…… 내 몸은 관과 함께 땅 깊숙이 매장되었다. 그건 처음 왔던 곳으로 돌아가기 위한 준비 작업이었다. 살은 흙으로, 수분은 물로, 열기는 불로, 행동의 에너지는 바람으로…… 인연 따라 하나로 응집돼 나를 이루었던 것들이 다시 인연에 맞게 본래의 자리로 돌아가고 있었다. 의식만이 무거운 업의 사슬에 묶여 사라지는 제 모습을 바라봤다.

옆의 관에서 누군가가 흐느꼈다. 울음은 아직 이승에 해야 할 일이 남아 있다는 애원처럼 들렸다. "꺼내주세요. 숨을 쉴 수가 없어요." 참가자 중 나이가 제일 어리다는 빨강 머리 여자였다.

나는 밤이면 아이와 봉정암 사리탑 앞에 있었다. 기도가 우주를 넘어 제석궁에 있는 인드라망에 닿을 때까지 우리는 절을 멈추지 않았다. 세상 모든 존재가 첩첩이 겹쳐진 가운데 서로 얽히고설켜 함께 존재하는 중중무진법계[4]일체重重無盡法界一切임을 스스로 각인시키는 의식. 나는 꿈을 꿀 때마다 낮아져라, 낮아져라, 주문을 걸면서 딸과 함께 무릎에 피가 나도록 절을 했다. 아이가 절하는 모습이 지은 죄를 용서받기 위해 간절한 발원을 부처님 전에 올리

---

4 중중무진법계重重無盡法界:우리 인간의 눈에 보이지 않는 미세한 세계의 내면까지도 인연이 겹치고 겹쳐 끝이 없다는 뜻.

는 것 같아 가슴이 아렸다. 중생의 무거운 죄업, 평생 세 번만 갔다 오면 모든 업장이 소멸된다는 봉정암 사리탑 앞에서 아이는 쉬지 않고 절을 올렸다. 몸이 불편한 내 아이가 올리는 절은 지은 업을 속죄 받고 싶은 간절한 기도였다.

큰스님은 모든 게 아이의 업이라고 했다.

"삼세의 업이 동시에 이루어지지요. 궁금하면 현세를 보세요. 지금 어떤 삶을 살고 있는지를 보면 전생의 삶도 알 수 있습니다. 내세가 궁금하다고요? 그러면 현세의 삶을 보면 되고요. 지금 얼마나 열심히 수행하고 봉사하며 살고 있는지에 따라 내세가 달라질 테니까요."

딸이 받은 고통은 그 아이 업이 아니라 어미인 내 업이었다. 그런데 왜 그 업을 어미를 살리기 위해 제 목숨을 내놓은 딸이 받는 것인지, 화두는 늘 가슴 속에서 불꽃처럼 타올랐다.

옆에서 관뚜껑 열리는 소리가 났다. 관에서 나온 빨강 머리 여자가 내 머릿속을 휘젓고 뚜벅뚜벅 사라졌다. 난 화가 났다. 10분도 못 참을 걸 왜 온 거야. 절집 마당에서 그를 처음 본 순간부터 난 심사가 뒤틀렸다. 붉게 탈색한 긴 머리, 무릎이 드러나게 찢어진 청바지, 굽 높은 구두…… 모든 게 눈에 거슬렸다. 나는 여자가 내 딸이 그렇게 살고 싶어 애쓴 세상을 오염시키는구나 싶어 화가 났다. 그런데 또 10분을 못 참고 관 뚜껑을 열고 사라지다니. 그 찰나, 좁은 구두 속에서 벌겋게 부르터 있을 그의 열 개 발가락이 꼼질꼼질 머릿속을 휘저었다. 마음이 아팠다. 빨강 머리 여자의 발소리가 다시 들린 건 3분도 채 지나지 않아서였다. "다시 들어갈게요." 여자의 목소리는 단호했다. 그래 잘 돌아왔어. 관 뚜껑이 다시 닫히고 나서야, 나도 모르게 긴 숨을 내쉬었다.

내가 병원에서 정신을 차렸을 때, 아이의 상태에 대해 말해준 건 수간호사였다.

"이런 경우, 병원이나 가족은 산모를 살리는 쪽을 택합니다. 대부분 신생아는 살아나기 힘들거든요. 살아나도 뇌성마비가 오거나 오래 살지 못하기 때문에 처음부터 아이는 포기하는 편입니다. 그렇지만 저희는 살아난 아이가 장애를 갖게 되더라도 최선을 다해 살립니다. 생명은 다 소중하니까요. 그게 그분의 뜻이기도 하고요."

그분의 뜻? 의사는 내 질문을 피하듯 병실을 나갔고, 곁에 서 있던 남편이 내 어깨를 감싸 안았다.

"아기도 금방 건강해질 거야. 걱정하지 마."

나는 수술로 당기는 배를 잡고 신생아실로 달렸다. 아이는 신생아실이 아닌 격리 병실 인큐베이터 안에 있었다. 산소마스크를 쓰고 몸 곳곳에 주렁주렁 기구들이 달린 아이를 멍하니 바라보고 서 있는 나에게 수간호사는 산모의 건강과 안정을 위해 좀 더 침착해지자고 했다.

"단 하루를 살다 간다 해도 그건 신神의 뜻이지요. 아기가 앞으로 합병증을 이겨내고 건강해지기까지 저희와 어머니 도움이 절실히 필요하니, 어머니부터 빨리 회복해야 합니다."

"어미를 살리기 위해 아이를 희생시킨 것, 그게 신의 뜻인가요?"

"보호자의 선택이기도 했습니다."

나는 옆에 서 있는 남편을 봤다. 남편의 곤혹스러운 얼굴이 내 입을 막았다. 그날부터 내 목에는 자식을 희생시키고 살아난 비정한 어미라는 멍에가 씌워졌다. 아이와 내

목숨을 살려줘서 고맙다는 말 대신 평생 누군가를 미워하고 원망할 것 같은 독한 예감이 가슴 한가득 밀려들었다.

아이가 퇴원을 한 건 3개월이나 지난 후였다. 아이를 안고 병원을 나서는 날, 의사는 병원을 나가면 한 달을 넘기기 힘들거라고 했다.

"영양의 균형이 깨져 오래 버티지 못할 겁니다. 마음의 준비를 하고 계세요."

"그럼 내 아이가 겨우 4개월을 살고 죽는다고요?"

아이는 구강 운동 장애로 빠는 일, 삼키는 일 모두가 어려웠다. 하는 수 없이 우유 꼭지구멍을 넓혀 입에 우유를 부어줄 수밖에 없었다. 아이는 먹는 게 아니라 어미가 부어주는 우유를 고통스럽게 삼켜야 했다. 의사가 말한 한 달이란 시간이 숨을 조였다. 그런 상태에서도 꺽꺽 숨이 넘어갈 듯 우유를 삼키는 아이를 보며 이렇게라도 사는 게 죽는 것보다 나은 걸까, 갈등이 일기도 했다.

남편과 나는 하루가 지나면 달력에 동그라미를 그렸다. 아이가 하루를 무사히 넘긴 것에 대한 감사의 동그라미였다. 그리고 기도를 올렸다. 그게 아이를 살렸다는 신께 올리는 기도인지, 더 힘세고 위대한 다른 신께 올리는 기도

인지 나 자신도 알지 못했다. 그냥 간절했고, 그래서 시도 때도 없이 두 손을 모았다. 그 간절함의 기도는 듣는 자가 헤아려야 하는 중생의 독백 같은 거였다.

아이는 사자의 멱살을 잡고 절대 갈 수 없다고 매달리는 것처럼 버텼다. 다행히 의사가 말한 한 달이 두 달이 되고 다시 석 달이 지났다. 그러나 병원 측이 우려한 것보다 더 심한 장애가 연이어 나타났다. 아이는 시력을 잃었고 듣지 못했다. 그야말로 아이는 인체의 모든 기능을 다 상실했다. 그리고 1년 또 1년, 아무것도 나아지지 않는 상태에서 숨을 쉬고 살아냈다. 그렇게라도 시간을 번 아이는 네 살에서 완전히 성장이 멈춰버렸다. 서지도 걷지도 못하고 자리에 누워 근근이 우유를 들이켜는 일 말고는 아무것도 할 수 없었다. 그러나 그건 보이는 상황일 뿐이었다. 아이는 밤마다 내 꿈속으로 들어와 엄마를 불렀다. 쉬지 않고 말하고 웃었다.

나는 아이 방에 꿈꾸는 제크의 콩나무를 심었다. 제크의 콩나무는 사시사철 꽃이 피고 열매가 열렸다. 나비가 날고 새들이 날아와 지저귀면 아이 손을 잡고 콩나무를 타고 올랐다. 나는 아이와 꼭꼭 숨어 살았다. 아이가 다른 아이들과 다르지 않게, 한 해 한 해 키가 쑥쑥 자라나 유치원에 가고, 초등학교, 중학교, 대학에 가는 꿈을 꿨다. 정원에 꽃이 피면 예쁜 드레스를 입히고 생일 파티도 해주고, 놀이터로 나가 그네를 타고 친구들과 뛰어 노는 딸의 이름을 부르는 내 목소리는 높은 소프라노로 음역이 바뀌며 노래를 불렀다.

'곰 세 마리가 한집에 살아요. 아빠 곰 엄마 곰 아기 곰······.'

그날, 대학 후배의 방문은 예정에 없던 일이었다. 귀농 운운하며 회사를 정리하고 강릉에 내려가 살던 후배가 예고도 없이 집으로 들이닥친 건, 내겐 사고에 가까웠다. 딸아이가 태어나고 나서 가족 외에는 누구도 들어올 수 없도록 집안 출입을 통제해 왔다. 그건 면역력이 약한 아이에게 좋지 않아서라고 말했지만, 나는 가끔 내 내면을 들여다보며 묻곤 했다. 혹시 딸을 부끄러워하며 사람들에게 보이기 싫어하는 것은 아닌지. 후배는 거실에서 자신의 귀농 이야기를 들려주느라 들떠 있었다. 나는 미처 문을 닫지 못한 딸아이 방에 온통 신경이 갔다. 후배가 자리에서 일어선 건 내가 더운물을 가지러 잠시 부엌으로 간 사이였다.

"언니 강아지 키워? 방에서 강아지가 낑낑대는 소리가
나네."

후배는 말릴 사이도 없이 방으로 들어갔다. 그리고 금방
외마디 소리가 들려왔다. 내가 방으로 달려갔을 때 후배는
꺽꺽 울고 있었다.

"내 딸이야. 놀랐어? 사랑아, 손님 오셨네. 우리 인사할
까. 안녕하세요?"

나는 후배가 보는 앞에서 우유를 먹였다. 아이는 평소대
로 고통스럽게 우유를 삼켰다. 그리고 성장을 멈춘 앙상한
다리를 드러내고 기저귀를 갈았고 옷도 갈아입었다.

"몇 살이야?"

"다섯 살."

후배는 아무 말도 하지 않았다. 우리는 아이가 잠들 때
까지 가만히 앉아 있었다. 그건 내 일상이고 내 아이의 삶
이었다. 잠시 찾아온 이방인의 놀라운 몸짓은 우리에게 별
로 중요한 게 아니었다. 우린 후배가 돌아갈 때까지 조용
히 남은 차를 마셨고, 귀농 이야기를 끝냈고, 또 만날 수 있
을까 말하기도 했다. 그게 다였다. 바람이 조금 심란하게

불었던 건 내 마음 탓일 수 있었다. 다음 날 나는 아이를 차에 태우고 수원에 있는 시댁엘 갔다. 아이가 태어나고 5년 만에 처음으로 감행한 외출이었다.

관 뚜껑이 열렸다. 관 속에 누웠던 시간은 10분, 그동안 살아온 삶 전체가 파노라마처럼 다가왔다 사라졌다. 어쩌면 인생이란 게 '10분의 꿈' 같은 게 아닐까. 아이가 살다 간 19년과 내 수십 년 인생이 뭐가 다를까? 봉사자가 다가와 손발의 결박을 풀고 손을 내밀었다. "제 손 잡고 나오세요." 나는 망설였다. 더는 제크의 콩나무를 타고 딸과 하늘을 오르는 꿈을 꿀 수 없는 세상으로 나가고 싶지 않았다.

"딸이 있나요?" 봉사자를 올려다보며 물었다.

"어서 나오세요. 제 딸은 초등학교 3학년이에요."

"내 딸은 스무 살이에요. 대학교 1학년, 딸이 이번 수련회 신청을 해줬어요."

"제 딸도 그런 효녀로 자라줬으면 좋겠네요."

벗어 놓은 신발 속에 달빛이 소복했다. 신발의 찬기가 온몸으로 퍼졌다. 딸이 결혼했다고 말할 걸 그랬나. 손자도 있다고 말할걸. 텅 빈 관을 돌아봤다. 어느 날, 예고 없이 사자가 찾아오면 다시 들어가 누울 자리가 너무 넓게 느껴졌다.

입관 수련을 끝낸 수련생들이 절집으로 내려갔다. 나는 무릎이 시려 걸음을 멈추고 바위에 걸터앉아 어둠이 옅어지길 기다렸다. 빨강 머리 여자가 다리를 절며 내려왔다.

"좀 쉬었다 갈래요?" 내가 말을 건네자, 그가 고개를 끄덕이더니 옆자리에 와 앉았다.

"반갑네요. 젊은 사람이 이런 수련에 참석하는 게 쉽지 않았을 텐데."

"그냥 왔어요. 저…… 담배 한 대 피워도 될까요?"

"담배를? 피워요. 난 괜찮으니까."

빨강 머리 여자가 가늘고 긴 손가락으로 담배를 꺼내 입에 물었다. 연기를 내뿜는 모습이 오래 피워 온 솜씨였다. 머리로 감춘 두 귀가 토끼처럼 길쭉했다. 나는 스카프를 풀어 그의 엉덩이 아래 깔아줬다.

"여자는 하체를 차갑게 하면 안 좋아요."

그가 구두 한쪽을 벗고 아픈 발을 주물렀다. 부어오른 발이 안쓰러웠다.

"어떻게 다시 들어가 누울 생각을 했을까. 숨을 쉴 수 없다더니."

"제대로 하는 게 하나도 없구나 싶어 화가 났어요."

얼핏 팔목에 진한 흉터가 보였다. 그가 얼른 옷을 끌어내려 손목을 덮었다.

"학생 아닌가?"

"시험 실패했어요. 작년에 오빠가 아파트 옥상에서 날랐거든요."

나는 고개를 돌리고 밭은기침을 콜록거렸다.

"사실…… 사는 게 그냥 다 핑계죠 뭐."

"여긴 어떻게 왔어요?"

"제가 수련에 참석하는 게 소원이라고…… 할머니가 그러셔서요."

"아, 할머니랑 같이 사는구나."

"그만 가죠."

빨강 머리 여자가 벗은 구두를 손에 들고 절뚝거리며 산을 내려갔다. 하늘이 조금씩 밝아오고 있었다. 새벽잠을 깬 이름 모를 산새가 혀가 시리게 울었다.

수련회 참석 수칙 중 1번은 주변 정리를 하고 오는 거였다. 특히 마음 정리를. 내가 사라져도 아무 불편 없이 돌아가는 세상을 위해 내 흔적을 지우는 일. 그건 사실 아픈 비움이었다. 집을 나서며 남편에게 전화했다.

"나 죽으러 가요."

"굳이 관 속에 누워 볼 필요까지 있어? 우리 갈 날이 얼마나 남았다고."

남편도 긴 인사를 생략했다.

"잘 지내라고요."

나는 휴대전화를 든 채 한참을 그러고 있었다. 딸을 보내고 남편은 자책이 컸다. 조금만 더 빨리 병원으로 데려갔더라면, 조금만 더 빨리 수술했더라면. 우울증까지 겹쳐 심약해진 남편을 그대로 둘 수 없었다. 병원에서는 당분간 집과 떨어져 있는 게 좋겠다고 했다. 스님과 상의하여 남편을 미얀마 수행센터로 보냈다. 뭐를 하고 살지, 어디서 살지, 언제 돌아올지 우린 서로 묻지 않기로 했다. 마음이 가는 대로 살다 돌아오고 싶으면 오고, 그렇지 않으면 거기서 아주 완벽히 눌러살든가 출가해도 좋다고 말했다. 딸은 돌아올 수 없지만, 우리는 마음만 먹으면 만날 수 있고 가끔 안부 전화도 할 수 있으니 얼마나 다행이냐고 말했다. 그 후로 우린 딸이 너무 그리울 때가 아니면 전화하지 않았다. 어쩌다 전화가 오면 남편이 딸을 그리워하고 있구나, 마음으로 알았다.

수련을 마친 40명 수련생은 법당 안에 둥그렇게 둘러앉았다. 1부에서 작성한 유서를 돌려가며 읽은 다음 2부 입관 체험은 어땠는지 서로 이야길 나누기로 했다.

"저는 초등생 딸을 두고 왔어요. 엄마가 가더라도 열심히 살아야 한다고 썼어요. 아이들을 남겨두고 죽는다면 절대 눈을 감지 못할 것 같더라고요. 다시 살아났으니 유서 적을 때 마음으로 딸을 잘 키우겠습니다."

다음은 다리를 절던 송담 노인이 자리에서 일어났다. 목이 거북한지 말을 더듬자, 누군가 물었다.

"어디, 불편하십니까?"

"늙은이가 수련에 참석해 혹시 걷다 쓰러지는 건 아닌지 걱정들 하셨지요? 맞습니다. 나는 말기 암 환자입니다. 갈 날이 얼마 안 남은 사람이죠."

"치료가 안 되는 암인가요? 요즘은 웬만한 암은 다 치료가 되는 거로 아는데."

"발견 시기를 놓쳤습니다. 그것도 다 때가 되었으니 떠나라는 경고 아니겠어요. 여러분 혹시 〈달마가 동쪽으로 간 까닭은?〉이란 영화 보셨습니까? 달마는 서쪽에서 불법을 전하러 동쪽으로 온 인도 승려입니다. 그는 중국에 불법을 전하고 양무제에게 '공덕이 없다'고 말한 죄로 사약을 받았습니다. 어느 날 중국의 사신이 인도를 다녀오는데 죽은 달마가 신발 한 짝을 작대기에 매달아 둘러매고 걸어오고 있는 거예요. 그 모습을 보고 다가가 스님 어디로 가느냐고 물으니 '내가 본디 왔던 서쪽으로 가오' 하더라는 겁니다. 달마는 무덤 속에 자신이 다녀갔다는 표시로 신발 한 짝만 남겨놓고 다시 서쪽으로 돌아간 겁니다. 생과 사가 분별이 없음을 보여준 설화지요. 어차피 우리가 살아가는 모습이 신 한 짝을 작대기에 꿰고 다니는 현상이 아니고 무엇이겠어요. 오늘 입관 체험도 생과 사는 경계가 없다는 것을 체험하게 해준 방편이라고 봅니다. 저도 그냥 아미타부처님 계신 서쪽으로 돌아갈 뿐입니다."

노인이 자리에 앉자, 사람들이 나를 봤다. 나는 주춤거리며 자리에서 일어섰다. 그리고 힘겹게 딸 얘기를 꺼냈다.

"제 딸은…… 지난여름 반야용선을 타고…… 어미 곁을 떠났습니다. 19년을 한 곳에 누워 꿈만 꾸다 갔어요. 딸에게 이번 생은 잠시 놀러 왔던 소풍 같은 게 아니었을까 생각합니다."

소감 듣기를 끝낸 지도 법사가 40명 수련생에게 네 명씩 조를 지워 1조부터 앞으로 나와 준비된 방석에 앉으라고 했다. 1조가 자리에 앉으면 나머지 36명은 앞에 앉은 도반에게 삼배를 올리라고 했다.

"당신은 거룩한 분입니다. 당신은 부처이십니다. 이 말을 하며 절을 하세요."

부처님이 받는 삼배를 산 중생이 받다니, 모두 기분이 숙연해졌다. 내가 삼배를 받을 만한 삶을 살았을까 반성도 하지만 진실로 부처의 삶을 살겠다고 다짐하는 눈치들이었다. 마지막 조인 나는 도저히 그 자리에 앉을 수가 없었다. 내가 거부하자 지도 법사는 그것도 교만이라고 기어이 자리 중앙에 나를 앉혔다. 나는 끝내 자리를 털고 일어섰다. 빨리 부끄러운 자리를 뜨고 싶었다. 나를 바라보는 도반들의 눈자위가 붉었다.

나는 구파발역을 향해 걷는다. 북한산이, 용출봉이 등 뒤로 한 걸음씩 멀어진다. 빨강 머리 여자가 나보다 한발 앞서 걷는다. 그는 여전히 한쪽 다리를 절뚝거리며 걷는다.

"구두 때문에 고생하네. 다음부터 산에 올 때는 편한 신을 신고 와요."

문득 딸 방에 있는 구두 생각이 났다. 빨강 머리 여자가 신으면 머리 색과 잘 어울릴 것 같은 235센티미터 우윳빛 에나멜 구두. 사 놓고 딸이 한 번도 신지 못하고 떠난 그 구두를 상자에 담고 예쁜 손 편지를 넣어 그에게 보내주는 상상을 해봤다. 구두를 신고 빨강 머리를 한 딸 모습이 보였다.

〈좋은 신발 신으면 신발이 주인을 좋은 곳으로 데려가 준대요. 이 신발 신고 꼭 원하는 소원 이루기를…….〉

"집은 어디예요?"
"수서요."

전동차에 오른 빨강 머리 여자가 연신 휴대폰으로 시간을 확인하며 불안해했다.

"아르바이트 시간에 늦을 것 같아서요. 내려오니 또 걱정이 시작되네요. 아줌마는 어떠셨어요?"

"좋았어요. 아가씨가 곁에 있어서. 근데 발이 작고 참 예쁘네요."

"235센티요. 친구들은 240, 245센티도 있고 더 큰 애들도 많은데 전 좀 작아요. 할머니는 못 먹어서 키도 발도 작다고……. 그래도 할머니 말이 저는 다 밉고 못생겼는데 발만 예쁘대요."

창밖으로 달마가 신발 한 짝을 작대기에 꿰고 걸어가는 게 보였다. 다른 사람들도 신발 한 짝을 손에 들고 절뚝이며 걸었다. 꿈결 같은 환영을 지켜보다가 나는 그만 내려야 할 도곡역을 지나치고 말았다. 여자가 내 어깨에 고개를 댄 채 잠들었다. 그녀의 머리칼이 내 볼을 간질였다. 나는 여자 쪽으로 몸을 조금더 기울였다. 내 딸도 살아 있다면 이런 빨강 머리를 하고 싶었겠지. 아무래도 나는 대치, 학여울, 대청, 일원역을 지나 수서역에서 내려야 할 것 같았다. 나도 얼른 신발 한 짝을 벗었다.

색의 우화

하필 그림을 헛짚었다. 두상의 윤곽선을 바로잡으려는 찰나, 목탄과 콩테를 섞어 막 드로잉을 끝낸 마애불 얼굴이 손자국으로 엉망이 돼버렸다.

남편의 귀국 날짜는 아직 6개월이나 남았다. 지난번 통화 때도 귀국이 더 늦어질 수는 있지만 당겨 귀국할 일은 절대 없다고 말하지 않았던가. 그런 사람이 갑자기 귀국이라니? 하경은 남편의 서재부터 복원시켜야 한다는 생각에 마음이 급했다. 남편이 떠나고 바로 창고에 넣어둔 책과 책상을 꺼내다 서재를 본래대로 정리하고 물감으로 얼룩진 방 도배도 새로 해야 했다. 어쩌면 미국 생활에 익숙해졌을 남편에게 맞는 과감한 변화가 집안 곳곳에 필요할 수 있었다. 머리도 좀 자를까? 그러나 하경은 거실 벽에 건 전 작가 그림 〈무제 B1〉을 내리고 남편이 좋아하던 모네의 〈수련〉을 다시 건 게 다였다.

그림을 내리며 K를 떠올렸다. 전시회 날 관객에게 그림 설명을 하던 K의 모습, 그와 함께 보고 온 경주 남산의 마애불, 따뜻한 저녁 식사와 대화들, 무엇보다 K는 하경이 다시 그림을 그릴 수 있도록 용기를 주었다.

하경은 심란한 마음을 추스르며 차에 시동을 걸었다. 거친 울화가 목을 조였다. 어디로든지 달리고 싶었다.

*

2년하고도 반년 전 3월, 겨울을 벗는 도심의 거리는 사람들 옷차림부터 가벼웠다. 한 뼘쯤 높아진 하늘은 찬기를 덜어낸 바람을 따라 투명하게 빛났고 생기가 넘쳐났다. 생명을 가진 것들이 스스로 일어서기 위해 돋음을 시작하는 계절 봄, 그 시작의 계절에 전 작가는 전시회를 열었다.

'4월 23일, 가나아트갤러리 '어피어링(Appearing)'

그가 보내온 도록에는 새로운 변신을 시도한 그림과 작품에 대한 설명, 전시를 준비한 작가의 의도가 촘촘하게 담겨있었다. 그러나 하경은 별로 전시회에 가고 싶은 생각이 없었다. 그림을 접은 지 20년도 넘었고, 가서 봐도 이젠 뭐가 뭔지 알 수 없을 것 같았다.

"서양화는 덧칠하는 형식의 그림이죠. 반면에 우리 동양화는 색이 종이 속으로 스며드는 일종의 '음'의 원리를 이용합니다. 저는 색이 한지 내면으로 숨어드는 흡입이 인간의 호흡 같다고 보고 그 신비를 벗기는 작업을 시도했습니다."

하경은 도록을 보며 잠시 옛날이 그리워지기도 했다. 본시 전 작가는 학창 시절부터 음과 양이라는 서로 다른 두 기운이 결합하고 분열하면서 새롭게 생성하는 색의 세계를 표현하고자 고심했었다. 그 후 미술 대전 대상을 거듭 두 번이나 거머쥐더니 어느 날 말도 없이 프랑스 유학길에 올랐고, 파리 국립미술학교에서 다시 그림 공부를 시작했다. 그리고 3년 만에 돌아와서는 동서양의 색이 혼합된, 또 다른 차원의 세계를 보여주겠다며 동분서주했다. 이번 전시회는 그로부터 세 번째 열리는 전시회였다.

전시회 오픈 날, 하경은 이른 점심을 먹고 서둘러 집을 나섰다. 그림만 보고 돌아올 생각이었다. 개관 첫날이라 그런지 갤러리 입구에서부터 차와 사람들로 소란스러웠다. 전시실로 들어서니 작가와 큐레이터가 입구에 준비된 디저트 바 앞에서 손님을 맞았다. 차를 마시며 담소하는 사람들, 큐레이터에게 그림 설명을 듣는 사람들, 그림에 심취해 한곳에 오래 머물러 있는 사람들, 갤러리 안은 다양한 사람들의 생각과 동작이 한데 어우러져 마치 성황리에 막이 오른 연극무대처럼 활기가 넘쳤다. 하경은 사람들 틈에 숨어 전 작가를 지켜봤다. 그는 나이만큼 더 자유로워 보였다. 하경은 그를 피해 슬며시 작품이 전시된 홀로 들어섰다. 작품은 주로 눈을 감은 사람들 얼굴이었다. 도록에 실린 글에서 작가는 사람이 눈을 감으면 감출 수 없는 내면이 보인다고 했다. 내면의 진실? 하경도 한때 내면의 진실을 표현하고 싶은 욕심에 빠져 지낸 적이 있었다. 그러나 내면의 진실이 무엇인지도 모른 채 표현하고 싶은 욕심만 앞서 있었다.

하경은 그림 〈무제 B1〉 앞에서 걸음을 멈췄다. 70호 그림 옆에 작가의 생각을 적은 설명이 붙어 있었다.

　─이 그림은 한지에 그림을 그리고 다시 그 위에 한지를 붙이고 거기에 다시 그림을 그리고 다시 붙이고⋯⋯. 그 과정을 무려 여섯 번 이상 반복한 다음 다시 그림의 살갗을 벗기듯 한 겹 한 겹 찢고 오려서 내면에 숨은 혼을 불러냈다. ─

　그가 말한 작품 〈무제 B1〉 안에는 입에 색을 문 수십 마리의 나비가 도약을 시도하고 있었다. 고통이 꿈틀대는 사바세계를 벗어나려는 생명 가진 것들의 날갯짓, 그 중앙에 고요히 숨을 멈춘 형상이 앉아 있었다. 형상은 묘한 아우라를 내뿜으며 보는 이의 시선을 잡아끌었다. 하경은 숨을 고르며 그림에 집중했다. 금방이라도 그 형상이 일어서 손을 내밀 것 같아 시선을 뗄 수 없었다. 넋을 놓은 듯 하경이 그림에 빠져 있을 때 뒤에서 누군가의 다급한 목소리가 들렸다.

　"실례가 안 된다면, 이 그림을 꼭 보고 싶어 하는 분이 있어서요."

그린 톤의 정장을 멋스럽게 차려입은 한 남자가 양해를 구했다. 남자 옆에 서 있던 외국인 두 명도 하경에게 가벼운 묵례를 했다. 하경이 자리를 비켜서자, 남자가 두 명의 외국인에게 그림에 대한 설명을 시작했다. 하경도 잠시 걸음을 멈추고 남자의 설명에 귀 기울였다.

"이 세상은 갖가지 형태의 고통이 넘실대는 바다죠. 여기 그림에서 찢겨 너울거리는 것들은 사바세계에서 고통받는 군상들입니다. 당신들은 지금 고통에 찌든 몸뚱이를 버리고 우화羽化를 위해 날갯짓하는 생명의 아우성을 보고 있습니다. 열반은 곧 우화입니다."

하경도 남자가 말하는 그림을 다시 봤다. 비운 자의 아름다움. 작은 미물도 껍질을 벗지 않고는 날 수 없다는 진리를 그림은 말해주고 있었다. 하경은 뜨거운 화로를 뒤집어쓴 것처럼 몸이 달아올랐다. 빠르게 갤러리를 뛰쳐나왔다. 뒤에서 전 작가가 보고 불렀지만 돌아보지 않았다.

하경은 갤러리 옆 카페 M으로 들어가 북한산 풍경이 한눈에 들어오는 테라스 의자에 앉았다. 몸이 젖은 솜처럼 잦아드는 등 뒤에서 전 작가 그림을 두고 사람들이 소란스러웠다. 모두 〈무제 B1〉을 이야기하고 있었다. 그림 속 나무와 꽃, 나비와 하늘, 그리고 열반에 든 부처가 살아 숨 쉬는 것 같다고들 했다. 그림의 혼! 그게 무엇인가? 하경이 그림을 접겠다고 했을 때도 전 작가는 혼을 말했었다.

"꼭 그려내고 말겠다는 욕심부터 내려놓지 않고서는 그림의 혼을 볼 수 없어. 모나리자 미소의 비밀이 스푸마토 기법에 있는 것 알잖아. 그림의 윤곽선을 안개가 서린 듯 희미하게 만드는 그 느낌을 표현하기 위해 다빈치는 몇 번의 덧칠을 했을 것 같아? 다빈치가 한 번 덧칠한 막의 두께는 머리카락 절반가량인 40마이크로미터 이하였다고 해. 그 덧칠을 다빈치는 최대 30겹까지 했어. 너 그만큼 노력해 봤어? 그런데 어떻게 붓을 놓겠다는 말을 그렇게 쉽게 하지?"

전 작가는 결혼은 도피니, 마음을 돌리라고 했다. 결혼해도 붓을 놓지 말라고. 그러나 하경은 그림의 혼을 찾는 일부터 접었다. 전 작가 말대로 결혼은 도피였다. 아이 또한 그림을 접은 자신을 변명해 줄 구실이었는지 모른다. 하경의 감은 눈앞에 그림 속 부처가, 꽃과 나비가 나타났다. 그들은 서로 어우러져 춤을 췄다. 그들이 솟아오르는 하늘이 붉었다. 하경은 현란한 색을 향해 손을 뻗었다. 색이 몸과 머리, 가슴을 물들였다. 색의 우화! 나를 버리지 않고는 도달할 수 없는 경지, 그것이 생과 사의 경계가 아니던가.

"어, 친구 여기 있었네."

소리에 눈을 뜨니 앞에 전 작가가 서 있었다. 전 작가는 오랜만에 보는 하경을 향해 아이처럼 웃었다. 변함없이 짧은 머리, 하얀 피부, 순박한 미소, 열정 때문일까? 그는 쉰을 넘긴 나이에도 나이 들어 보이지 않았다. 외국인에게 그림 설명을 하던 남자도 전 작가와 함께였다. 두 사람이 하경의 맞은편 자리에 앉았다. 전 작가가 남자를 소개했다.

"여긴 내 전시회 글 멋지게 써준 칼럼니스트, 인사해."

키가 훌쩍 크고 마른 몸의 남자가 한 손을 뻗어 악수를 청했다. 얇은 입술 선 따라 움직이는 그의 미소가 몹시 차가워 보였다. 그가 내민 명함에 강지훈이란 이름이 영문 고딕으로 고급스럽게 쓰여 있었다.

"반갑습니다. 그런데 〈무제 B1〉 앞에서는 왜 그렇게 오래 서 계셨나요?"

하경은 남자의 질문에 딱히 대답할 말이 없었다. 그때

옆 테이블에서 누군가가 전 작가를 찾았고, 작가는 그쪽으로 자리를 옮겨갔다. 하경은 낯선 남자와 마주한 자리가 불편했다. 그렇다고 침묵하고 있을 수만은 없었다.

"이번 전시 그림들이 작가의 뜻을 제대로 표현했다고 보시나요?"

하경의 엉뚱한 질문에 그가 멋쩍게 웃더니 표정을 바꾸어 진지하게 말했다.

"글쎄요. 그건 작가만이 알 수 있는 문제겠죠. 어쨌든 작가는 가장 한국적인 것을 자신의 감정대로 표현하고자 애쓰는 것만은 틀림없다고 봅니다. 우리 고유의 오방색을 여백과 맞물려 새로운 화풍을 만들어 내는 그의 창의력에 세계가 놀라고 있으니까요. 혹시 그림을 그려보셨나요?"

"대학에서 전 작가와 같이 색을 두고 숱한 고민을 공유했었습니다. 저는 접은 지 오래됐지만."

"본시 그림은 색으로 나타내는 화가의 내면세계지만 독자는 그림에서 작가가 나타내고자 한 그 이상의 경지를 보기도 하지요. 아마 〈무제 B1〉에서도 독자들은 그것을 느꼈을 겁니다. 그래서 하경 씨도 오래도록 자리를 뜨지 못한 것 아닌가요? 아는 만큼 볼 수 있고 아는 만큼 열리는 세계가 그림의 세계죠. 불교에서 말하는 '상相에서 상 아님을 보면 여래를 볼 수 있다'는 말이 바로 그거라고 생각합니다. 형상을 보고 그것에만 집착할 것이 아니라 그것을 뛰어넘어 그 이상의 경계를 보는 것, 그래서 저도 그림을 구매하고 싶어 하는 외국 고객들에게 그림의 형상만 보지 말고 더 깊고 충만한 그림의 혼을 느껴야 한다고 말해줬습니다. 그들이 제 의견에 공감하는 눈치이긴 했는데, 모르죠."

하경은 그와 긴 시간 그림 이야기를 나눴다. 그가 종교 미술에도 관심이 많다는 것에 호감이 갔다. 특히 그는 돌에 새긴 마애불의 미소에 관심이 많다고 했다.

"경주 남산으로 마애불 취재를 하러 갈 생각입니다. 동행하는 화가들도 몇 명 있고, 불교미술에 관심과 지식을 갖고 계신 스님 한 분도 함께 갈 계획인데, 생각 있으면 제가 모시겠습니다."

"저야 감사하죠."

그가 전화하겠다며 하경의 번호를 휴대전화에 저장했다. 하경은 회색 머리칼을 쓸어 올리는 그의 왼손 중지에 금빛 링이 끼워져 있는 걸 봤다. 그것이 무엇을 말하는지 알면서도 모처럼 뜻이 통하는 이성 친구를 만난 것 같은 기분이 들었다. 차가 한강 다리를 건널 때 하경은 석양과 어울린 강물의 반짝임이 마치 그림 속에서 품어져 나오던 금빛 아우라 같다는 생각을 잠시 했다.

*

하경의 남편은 줄기세포 치료제 분야의 권위자다. 줄기세포의 기초에서 실용화, 응용 분야까지 아우르는 업적과 공로를 인정받아 과학기술상을 여러 번 받기도 했다. 좀 더 심화된 연구를 위해 미국 존스 홉킨스 대학으로 가면서 하경과 아들도 같이 가기를 원했다. 남들은 돈 들여 유학도 보내는데 얼마나 좋은 기회야. 그러나 하경은 계속 미국서 살 것도 아닌데 학교생활에 적응 잘하는 아들 공부에 혼란을 주고 싶지 않다는 이유로 거절했다. 다행히 아들도 썩 원치 않는 눈치였다. 당신만 다녀와요. 아프지 말고, 방학 때 당신 보러 갈게요. 그러나 남편은 하경 얼굴에 번지는 또 다른 이유를 읽은 듯했다. 조금 섭섭한 표정을 보이더니 떠나는 날, 아들을 부탁한다는 말만 남기고 돌아섰다. 전화 자주 해. 남편 말에 하경도 답했다. 당신도요.

남편이 떠나고 하경은 거울 속에서 자신의 낯선 얼굴과 마주 섰다. 거울 속에는 자신이 아닌 친정엄마를 닮은 중년 여자가 서 있었다. 서서히 골을 파고 주저앉는 주름, 선이 무너져내리는 몸, 50년이란 세월이 주는 변화가 접시저울 위에서 오르락내리락 두 팔을 흔들어 대는 것을 보고서야 세월을 실감할 수 있었다. 여자 나이 쉰은 생각보다 그 무게가 무거웠다.

하경은 서둘러 남편의 서재를 치우고 남편이 앉아 있던 자리에 이젤을 세웠다. 남편처럼 독하게 자신을 세울 용기가 필요했다. 하루도 쉬지 않고 연구에만 매달린 남편, 자신도 그곳에서 뭔가를 찾고 싶었다. 하경이 할 수 있는 건 그림밖에 없었다. 그림을 접은 건 순전히 자신의 선택이었다. 임신이 쉽지 않았다. 아이가 없어도 상관없다는 남편과 달리, 하경은 결혼 뒤에 숨은 자신을 보호해줄 매개가 필요했다. 남편을 설득해 다섯 번의 시험관 시술을 했고 여섯 번 시술에서 아들을 얻었다. 아들은 남편과 하경이 채울 수 없는 틈을 채워 준 선물이었다. 사실 남편은 아이보다는 연구가 전부인 사람이었다. 모든 삶의 희비가 연구에 있었고 입만 열면 연구의 당위성을 주장했다.

"이 줄기세포 연구가 우리 인간의 수명을 연장할 수 있는 최고의 선택이 될 거야. 당신이 고통스러워하는 무릎 통증도 다 내 연구가 해결해 줄 테니 두고 봐." 그런 남편이 집에 있는 날이면 하경은 평소보다 매우 분주했다. 벨이 한번 울리면 커피, 두 번 울리면 식사, 세 번 울리면 서류……. 책상 위에 장착한 벨 소리를 잘못 인식하고 2층까지 몇 번씩 오르내리다 지치면, 계단 춤에 앉아 입에 붙지 않은 긴 욕을 뱉곤 했다. 마치 방언을 하듯, 뚤뚤, 썰썰, 크크…… 숨 막히는 시간이었다. 그런 남편이 주고 간 선물 같은 3년, 하경은 그동안 잘 살아준 삶의 보너스라고 생각하고 그림을 다시 시작하고 싶었다. 역시 그림은 하경에게 삶의 변화를 줬다. 마치 갈증을 해소시켜주는 단비처럼 가슴으로 뜨거운 숨결이 젖어 들었다.

*

하경은 경주로 마애불을 보러 갈 생각을 하며 카메라를 캐논 EOS 5D로 바꿨다. 다시 시작한 인물화를 위해 마애불을 보고 오는 게 큰 도움이 될 것 같았다. 그것도 석불에 대해 견해가 높은 분들과 함께 가는 탐사가 아닌가. 어떻게 하면 마애불의 미소를 더 섬세하고 사실적으로 찍을 수 있을까, 시간 날 때마다 고민했다. 마애불에 대한 새로운 정보를 수집해 PC에 담았다. 그러나 두 달이 지나도록 K는 아무런 연락이 없었다. 빈말이었구나. 그가 전화하지 않는 이유가 혹시 반짝이던 링 때문일까 생각했지만, 머리를 저었다. 하경은 혼자서 남산에 가기로 하고 인터넷을 검색했다. 남산 전체가 마애불의 보고 같았다. 검색 도중 하경의 눈길을 끄는 글과 사진이 있었다.

‘5센티미터의 기적’ 열암곡 ‘마애불의 미소’

600년 전 지진으로 넘겨졌다는 마애불은 21세기에 발견된 가장 흥미로운 유물 가운데 하나라는, 한 달 전 모 일간신문에 K가 직접 쓴 칼럼이었다. 그의 블로그를 검색했다. 그가 어떤 활동을 하고 있으며 정확히 어떤 사람인지를 알고 싶었다. 블로그에는 그림과 건축물은 물론 여러 종교를 섭렵한 삽화와 사진, 칼럼들이 실려 있고 그의 약력과 활

동사진도 일목요연하게 정리되어 있었다. 그중 쓰러진 마애불 앞에서 그가 관람객들에게 강의하는 동영상이 떠 있었다. 서둘러 '경주 문화재 남산 투어'를 신청했다. 그리고 일주일 후, 수서에서 SRT를 탔다. 직접 가서 열암곡 마애불을 보고 싶었다.

칼럼 때문인지 열암곡 마애불 앞에 유독 사람이 많이 모여 있었다. 다행스럽게도 쓰러지면서 앞 바위와 약간의 공간이 생겨 얼굴 모습이 상처 하나 없이 보존될 수 있었다고, 그래서 '기적의 5센티미터 부처님'이라고도 한다고 해설사가 말해줬다. 하경은 마애불의 옆얼굴을 카메라에 담았다. 비록 얼굴을 한 면밖에 볼 수 없지만, 앵글 속에서 살아나는 표정은 신비로웠다. 인내와 자비. 하경이 그토록 표현하고 싶던 절제의 아름다움이 마애불 얼굴에 담겨 있었다. 국가의 안녕과 백성의 안위를 기원하며 돌에 새긴 석공의 집념이 600년을 넘어 찾아간 하경의 가슴을 설레게 했다. 하경은 마애불의 얼굴을 뷰파인더로 여러 컷 찍으며 석공이 그랬던 것처럼 돌과 하나가 되어보고자 했다. 부처가 아니라 힘든 삶을 건뎌온 이 땅 어머니 얼굴 같기도, 인고와 자비가 웅축된 보살의 얼굴 같기도 한, 그러니까 석

공은 이미 600년 전에 어떻게 중생의 마음을 그것도 종이가 아닌 돌에 새길 수 있는지를 알고 있었다. 모나리자를 그린 레오나르도 다빈치가 그랬던 것처럼, 얼마나 많은 석공의 손길이 저 돌을 쓰다듬었을까. 하경은 쓰러져 있는 마애불을 아린 마음으로 바라봤다. 한 남자가 그런 하경을 계속 주시하고 있었다. 그가 천천히 걸어오더니 하경을 불렀다.

"어떻게 여길……. 혼자 왔습니까?"

그가 그곳에 있었다. 강지훈이 겸연쩍은 미소를 지으며 얼굴을 붉혔다.

"여긴 서울서 한 시간 반이면 올 수 있는 곳입니다. 제가 워낙 한가하기도 하고."

하경은 가벼운 묵례를 하고는 일행을 따라 다음 마애불을 향해 천천히 걸음을 옮겼다. 그가 멀어지는 하경을 망연히 바라보더니 일행과 함께 인파 속으로 몸을 감췄다. 하경은 걸으면서 혹시 하는 마음에 흘깃 뒤를 돌아봤지만, 인파에 묻힌 그는 이내 모습이 보이지 않았다.

탐사 일행이 잠시 쉬어가기로 했다. 땀을 식히고 물을

마신 후 하경은 찍은 사진들을 하나하나 돌려봤다. 가슴으로 느낀 떨림을 제대로 담아내지 못한 아쉬움이 컸다. 그때 일행 중 한 청년이 자신이 찍은 사진을 하경에게 보여줬다. 그도 인물사진 찍는 것을 좋아한다고 했다. 그래서 여러 곳을 여행하며 사람들의 다양한 표정을 앵글에 담는다고.

"오늘은 사람들 얼굴과 마애불 얼굴을 한 컷에 담아봤습니다. 찍다 보니 사람들 얼굴에서 부처의 얼굴을 보게 되네요."

"모르셨어요? 그 둘은 본시 하나거든요."

하경의 말에 그가 "왓" 하며 어깨를 으쓱했다. 그가 찍은 사진 속에 열심히 사진을 찍고 있는 하경도 있었다.

"사진 드릴까요? 일에 몰두하는 모습이 하도 진지해 보여 찍었는데."

고르고 하얀 이를 드러내며 환하게 웃는 청년을 따라 하경도 웃었다. 자신이 좋아하는 일을 찾아 즐기는 삶, 그에게서 삶의 여유가 느껴졌다.

그때 사람들을 헤집고 그가 걸어왔다.

"일정이 끝나 일행들과 헤어졌습니다. 다음 코스부터는

제가 하경 씨를 안내하겠습니다."

그가 하경의 배낭을 빼앗아 메더니 성큼성큼 송림 사이로 뻗은 오솔길을 앞서 걸어갔다. 청년이 얼른 자리를 비켜줬다.

"제 칼럼을 읽은 회원들이 동행을 요구해 와 자주 내려와야 했습니다. 마음은 하루라도 빨리 연락하고 싶었지만…… 암튼 미안합니다."

그는 정말 미안한 표정을 지었다. 햇볕에 그은 얼굴이 전보다 훨씬 건강해 보였다.

"꼭 지켜야 할 약속은 아니었잖아요. 와보니 좋은데요. 아무리 돌부처라지만 저런 모습으로 600년을 견뎌오다니 놀라워요."

"요즘 저 마애불을 일으켜 세우자는 의견이 대단합니다. 소수이긴 하지만 반대 의견도 있긴 한데……. 그건 저런 모습이 중생을 사랑하는 부처의 참모습이라고 본다는 겁니다. 좀 이기적인가요?"

능선으로 가기 위해 비탈길로 접어들며 그가 말했다.

"남산은 높지 않은 산이지만 대단한 보물들을 품고 있어요. 문화재연구소 학술보고서에 따르면 남산에는 마애불이나 금동불을 포함한 불상이 118구, 석탑이 97기, 절터가 150곳이나 있다고 해요. 그게 2000년에 유네스코 세계문화유산으로 등재된 이유이기도 하죠. 이곳 사람들은 남산을 보지 않고 경주를 봤다고 해선 안 된다고 합니다. 신라인들은 첨성대와 석굴암, 금관을 만든 사람들이잖아요."

그와 시선이 마주칠 때마다 하경은 남편 얼굴이 떠올랐다. 남편도 항상 자기 일에 최선을 다한다. 그러나 안타깝게도 남편에게서는 저런 여유가 느껴지지 않았다.

"우리 남산 관광은 그만하고 내려가 식사하고 최상의 불국토 불국사와 석굴암을 보도록 하죠."

송림 사이로 비치는 햇살이 그의 얼굴에 어릿어릿 그림자를 만들었다. 길이 좁아 하경은 그와 자주 어깨가 부딪혔다.

*

지난여름, 하경은 남편 생일을 앞두고 미국으로 건너가 일주일을 머물렀다. 남편은 그곳 생활이 잘 맞는지 서울서보다 얼굴이 밝았고 생기도 넘쳐 보였다. 대학 연구팀과 함께한 자리에선 전에 없이 농담까지 했다. 그건 놀라운 변화였다.

"우리 마누라, 한때는 잘나가던 화가였습니다."

하경은 남편의 그런 모습이 낯설었다. 평소라면 굳이 그런 자리에 하경을 데려가지 않았을 사람이 그날은 동석한 팀원 한 명 한 명에게 일일이 소개까지 했다. 대부분은 미국 팀 연구원들이고 그중에 미국 시민권자인 여자 연구원이 한 명 더 있었다. 그녀의 암갈색으로 탈색한 머리와 청바지, 흰 운동화는 그녀를 여대생처럼 보이게 했다. 본인이 직접 자신을 하경에게 소개하며 가볍게 묵례하던 여자는 마치 남편의 털털한 남자 친구처럼 굴었다.

"김 박사님은 우리의 멘토십니다. 연구나 생활면에서 보여주는 성실함을 존경하지 않는 후배들이 없어요. 저는 사모님이 부럽습니다. 혹시 결혼 생활에 싫증 나거든 제게 패스하십시오. 넙죽 받겠습니다."

그는 활짝 웃으며 농담이라고 손사래를 쳤다. 동료들과 남편도 크게 웃었지만, 하경은 웃지 않았다. 동의를 구하듯 남편을 보며 웃음 짓는 그녀가 마음에 걸렸다. 그녀는 연구소를 나와서도 스스럼없이 남편 팔을 잡기도 했고 무언가 귀엣말을 나누기도 했다. 남편도 싫지 않은 듯 거부하지 않았다. 그때 하경은 남편에게서 처음으로 자유로운 미소를 봤다. 남편에게도 자신이 불편한 아내였을까? 하경은 서울로 돌아와서도 이국의 갤러리에서 본 주제가 명확하지 않은 그림을 떠올리듯 남편과 여자의 미소가 생각나곤 했다. 그때마다 하경도 결혼이 최고의 행복이 아니었나 하는 의문이 들었다.

경주에서 돌아온 하경은 작업실에 묻혀 살았다. 모든 일을 정리하고 열암곡 마애불을 그렸다. 감은 듯 내리뜬 눈, 차가운 돌 속에 숨어든 미소, 하경은 그렇게 찾던 그림의 혼이 차가운 돌에 새긴 마애불에서 느껴지는 게 신기했다. 아들도 엄마의 새로운 모습을 본다고 반가워했다. 도서관에서 늦게 돌아와도 꼭 작업실로 들어와 물끄러미 그림을 바라보곤 했다. 하경이 왜, 못 그렸어? 물으면 좋다는 의미라고 말했다. 그동안 어떻게 접고 사셨어요? 아들 질문에 하경은 그냥 웃었다. 그때 K에게서 전화가 와 하경은 얼른 나가라고 아들을 밀어냈다. 아들이 씩 웃으며 서재를 나가더니 모든 게 다 좋아졌네요. 계단을 내려가며 큰 소리로 외쳤다. 그날따라 하경은 아들 목소리가 묘하게 달콤했다.

*

    하경은 강변도로를 달렸다. 남편이 돌아오기 전에 원하
는 마애불 그림을 끝내고 싶었다. K는 그림을 모아 전시회
도 열자고 했다. 그의 말이 격려의 말이라는 걸 알면서도
은근히 기분이 좋았다. 그런데 아직 그림은 대부분 미완성
이고 남편은 6개월을 당겨서 돌아온다고 한다. 마음 같아
선 6개월을 더 늦춰 돌아오라고 말하고 싶었다. 남편은 돌
아와 하경이 그림을 다시 시작한 걸 보면 절대 좋아하지
않을 사람이다. 아이가 어릴 때는 물감이 아이에게 나쁘다
는 이유로 싫어했고, 아이가 크자 자신에게만 집중해 달라
고 그림 그리는 것을 반대했었다. 돌아오면 또 다른 이유
를 대서라도 그림 작업을 말릴 게 뻔했다.

    영종도로 향하던 차가 머리를 틀어 강화대교를 건넜다.
해변을 따라 물이 빠져나간 펄이 검은 속살을 드러냈다.
하경은 그 모습이 자신의 내면을 보는 것처럼 암울했다.
차가 거친 숨을 헐떡이며 멈춰선 건 전등사 앞 주차장이었
다. 경내를 벗어난 스님의 독경 소리가 바람처럼 날아와

유리문을 두드렸다.

남편이 떠나던 날도 배웅하고 돌아오며 하경은 이곳에 들렀었다. K가 그리웠다. 그의 위로가 듣고 싶었다. "괜찮아요. 남편도 이제 하경 씨 그림을 보면 놀라 더 큰 용기를 줄 겁니다." 그러면 분명 그렇게 말해 줄 것 같았다. 자신을 보던 그 뜨거움이 파도처럼 밀려왔다. 하경은 오래도록 핸들에 머리를 대고 숨을 참았다.

하경은 차에서 내려 화구를 메고 천천히 소나무 숲길을 걸었다. 소나기가 적시고 간 땅에서 흙냄새가 올라왔다. 솔향과 어우러진 풋풋한 자연의 냄새, 전등사 대웅보전 앞에서 걸음을 멈춘 하경은 두 손을 합장하고 고요한 시선으로 전각을 바라봤다. 대웅보전의 날렵한 기와지붕, 연화문살, 풍경 소리가 가슴 가득 밀려들었다. 저건? 그때 전각 지붕을 떠받치고 있는 주모의 나부상이 눈에 들어왔다. 아직도 저게 저 자리를 지키고 있었구나. 전에 왔을 때는 스쳐 지나가며 눈여겨 보지 못했던 나부상이 유난히 돋보였다. 하경은 대웅전 앞으로 다가섰다.

600년 전, 불탄 이곳 대웅보전을 다시 지을 때 한 도편수가 절 아래 밥집 주모와 눈이 맞아 뜨거운 사랑을 나누었다. 도편수는 그녀와 미래를 약속하고 돈을 버는 대로 가져다 주모에게 맡겼다. 그건 도편수 자신의 전부를 맡긴 진실한 사랑이었다. 그런데 어느 날, 주모가 도편수 돈을 가지고 젊은 남자와 달아나 버렸다. 사방으로 여자를 찾아 헤매던 도편수는 끓는 분노를 삭이지 못해 대웅보전 처마 네 귀퉁이를 두 팔로 받치고 있는 주모 형상을 앉히고 주문을 걸었다.

"너는 이 전각이 허물어질 때까지, 불타 소멸할 때까지 절대 내려오지 못할 것이다."

두 팔로 처마를 받든 채 쪼그리고 앉아 있는 주모 몰골은 귀물 같았다. 그날로부터 주모의 형상은 장장 600년을 도편수의 저주에서 헤어나지 못하고 저렇게 대웅보전 처마를 받들고 있다. 이미 육신은 썩어 티끌과 흙이 되고도 남았을 세월이다.

하경은 전각 앞에 이젤을 세웠다. 그리고 하얀 종이에 주춧돌을 앉히고, 그 위에 네 기둥을 세우고 대웅보전 지붕을 얹었다. 창 반 뿌리에 연꽃을, 보머리에 도깨비를 그렸다. 전각 처마 네 귀퉁이에 주모와 도편수를 각각 앉혔다. 두 팔로 처마를 떠받들고 있는 주모와 도편수, 그들은 금방이라도 쓰러질 것처럼 위태로워 보였다. 그림을 다 그린 하경은 한참을 서서 그림 속 두 사람을 응시했다. 전각이 불타지 않고는 풀려날 수 없다던 도편수의 주문이 메아리처럼 들려왔다. 하경은 그림에 불을 붙였다. 활활 타오르는 전각, 대웅전 처마가 무너져 내리고 도깨비와 주모, 도편수가 불탔다. 한낱 미물인 인간의 증오가 연기로 변해 하늘 멀리 날아가는 환영이 보였다.

"와! 대웅보전이 참 아름답네요."

깜짝 놀라 돌아보니 손에 빗자루를 든 늙은 보살이 그림을 보며 얼굴 가득 미소를 지었다. 하경은 얼른 두 손을 합장하고 예를 올렸다.

"다 다녀봐도 전등사 전각만큼 색이 고운 전각이 드물지요. 그건 덧칠하지 않고 단청 고유의 색을 그대로 보존했기 때문이라고 합니다. 단청을 한 전각은 색을 덧입히지 않아야 나무와 함께 아름답게 낡아 갈 수 있다고 해요. 그림 속에서 그 모습이 더욱 아름답게 빛나네요."

덧칠하지 않아야 아름답게 낡아 간다고? 하경은 늙은 보살의 그 말을 몇 번 곱씹었다. 덧칠하지 않아…… 보살이 쓸고 간 자리가 석양빛에 고운 맨살을 드러냈다.

하경은 절집을 벗어나 바다를 향해 걸었다. 밀물이 밀려와 채운 바다가 눈앞에서 사납게 출렁였다. 진흙 위에서 뛰어놀던 젊은 함성도, 펄 속에 숨어 있던 물고기의 몸짓도 다시 바다로 돌아가 하나가 되어 버린, 깊고 투명한 생명의 신비가 부서지고 다시 생성되는 바다를 향해서 하경은 한 발 또 한 발, 걸음을 내디뎠다. 미혹과 집착을 끊고 모든 속박에서 벗어나고자 먹물 옷을 입은 자들이 머무는 전등사가 등 뒤로 천천히 멀어져 갔다.

커튼

1

　입원 절차를 마치고 돌아서는데 어디선가 갓 내린 커피 향이 풍겼다. 고개를 돌리니 로비 한쪽에 카페가 보였다. 경주는 아픈 다리를 끌며 그쪽으로 걸어가 커피를 주문했다.

　"이 집에서 가장 단 커피로 한 잔요."

　"캐러멜 마키아토를 추천합니다. 초콜릿 드리블이 첨가 돼 많이 달아요."

　앳된 청년이 눈가에 웃음을 담고 말해준 커피는 5분쯤 기다린 후에 나왔다. 경주는 카페 창에 기대서서 캐러멜 마키아토를 마셨다. 기분을 풀어 줄 산뜻한 감미를 원했는데 캐러멜 때문인지 생각보다 바디감이 묵직했다. 그래도 고소한 원두 향이 무거운 마음을 다소 달래줬다.

경주는 아침에 남편과 아들에게 병원까지 동행을 부탁했었다.

"좀 무서워서 그래."

사실 경주는 걷지 못할 수도 있다는 의사 진단이 내내 악몽으로 연결돼 잠을 설쳤다. 그러나 두 남자는 약속이라도 한 듯 얼굴을 마주 보며 고개를 저었다.

"병원이 한강 다리 건너 20분이면 가는 곳인데 뭘."

"오늘 당장 수술하는 것 아니잖아요."

회사 업무에 지장까지 주며 갈 수 없다는 두 남자에게 화가 난 경주는 버럭 소릴 질렀다.

"알았다고. 언제는 같이 가 준 적이 있었나?"

가족의 도움을 구하는 것이 경주에겐 가장 힘든 일이었다. 하던대로 할걸, 공연히 꺼낸 말에 마음만 상했다. 경주는 입원 시간에 맞춰 캐리어를 끌고 집을 나섰다. 아파트 경비원이 어디 여행이라도 가는 것처럼 보였는지 베란다 문단속은 잘했냐고 물었다. 집이 2층이다 보니 자주 듣는 질문이었다. 고개를 끄덕여 주고는 하늘을 올려다봤다. 한 바탕 소낙비가 쏟아질 것처럼 하늘 빛이 어두웠다. 뛰자. 그러나 걷기도 부실한 발이 마음만큼 움직여 주지 않았다. 기어이 머리 위로 툭툭 빗방울이 튀었다. 택시 승차장까지 걷는 동안 몸보다 마음이 먼저 젖었다.

경주는 엘리베이터를 타고 10층으로 올라왔다. 문이 열리고 입원실 전경이 드러나자, 병원 특유의 냄새가 비위를 자극했다. 캐리어 바퀴가 윤기 나는 바닥을 거칠게 긁었다. 간호사실은 복도 중앙에 있었다. 오늘 입원할 장경주라고 하자 담당 간호사가 준비된 서류를 내밀었다.

"여기에 사인하고, 병실은 복도 제일 끝에 있는 12호실 첫 번째 침대입니다."

경주는 간호사가 말한 병실로 들어섰다. 셋이 공동으로 사용하는 병실에는 한쪽 팔에 깁스한 파마머리 노인이 창가 쪽 침대에 누워있었다. 네임판에 76세 허복순이라는 이름과 팔 골절 환자라는 병명이 적혀 있었다. 노인은 자고 있는지 눈만 감고 생각에 잠겨 있는지, 그냥 봐선 알 수 없었다. 경주는 조용조용 침대 위로 캐리어를 올리고 세면도구를 꺼냈다. 사물함에 그것들을 정리하다 흘깃 뒤를 돌아봤다. 통증 때문인지 노인이 간간이 앓는 소리를 냈다.

커튼 하나로 경계가 그어지는 병실은 셋이 쓰기에 넓지 않았다. 중앙 침대는 아직 환자가 들어오지 않아 비어 있고 창가로 작은 냉장고와 그 위에 구형 텔레비전이 놓여 있었다. 출입문 바로 앞인 경주 침대 맞은편이 샤워 시설을 갖춘 화장실이었다. 그때 간호사가 환자복을 가지고 들어왔다.

"침대 커버는 미리 갈아났습니다. 환자복으로 갈아입으세요. 간병인은 구하셨죠?"

"아직……."

"빨리 구하세요. 다리 수술 환자는 간병인 없이는 거동 못 합니다. 간병인이 싫으면 코로나 예방 접종을 한 보호자를 부르던가요. 저녁부터 금식이고 한 시간 후에 와서 링거를 꽂겠습니다."

간호사가 필요할지 모르니 놓고 간다며 간병인 사무실 전화 번호표를 머리맡 탁자 위에 놓아주었다. 그리고 침대 앞에 네임 판을 걸었다. '장경주, 55세. 발목 수술 환자,

저녁부터 금식.' 간호사는 간병인 사무실로 빨리 전화부터 하라고 말하고는 병실을 나갔다. 그러나 경주는 간병인을 부르고 싶지 않았다. 낯선 사람의 도움을 받으니 차라리 혼자 견뎌내고 싶었다. 그러면서도 수술 후 상황이 어떨지 불안했다.

환자복으로 갈아입자 금세 중환자가 된 기분이 들었다. 햇빛이 스며드는 창문 너머로 새들이 날아가는 게 보였다. 경주는 날아가는 새가 부러웠다. 무심히 하늘을 바라보다 자존감을 상실한 늙은 시인처럼 이마에 주름을 새기며 중얼거렸다.

"나도 날고 싶다. 저 새들처럼."

두 달 전, 발목 통증 때문에 밤새 잠을 설치고 찾아간 병원은 아파트 앞에 새로 개원한 정형외과였다. CT를 판독한 의사가 연골 파열과 관절염이 진행돼 잘못하면 걷지 못할 수도 있다는 진단을 내렸다. 통증을 느낀 지는 벌써 수년이 지났고 절뚝거리며 걷느라 보행이 불편한 것도 1년이넘었다. 남편은 예상했던 일이 닥쳤다는 듯 벌컥 화를 냈다. 속상한 건 경주 자신인데 남편이 더 속상한 얼굴을 하고 언성까지 높였다.

"그러니까 진작 큰 병원 가서 제대로 치료받으라니까 말 안 듣더니."

아들까지 제 아빠 편을 들며 부아를 돋웠다. 걷지 못하는 노년의 초라함, 그건 상상만으로도 끔찍한 공포였다. 그동안 아들과 두 딸 교육, 남편 뒷바라지하느라 감히 몸 돌볼 생각은 엄두 내지 못했었다. 그런데 걷지 못할 수도 있다는 의사 말을 듣는 순간 경주는 눈앞이 캄캄했다. 그날부터 이 병원 저 병원 치료 잘한다는 의사를 찾아다니느라 정신이 없었다. 결국 아들이 발목 수술을 제일 잘한다는 이곳 대학병원 의사를 찾아내 예약했다. 수술이 마지막 선택이라고 했다면서 아들은 이제 몸 좀 아끼며 살라고 충고 비슷한 위로를 했다. 경주는 그 말이 꼭 엄마가 아프면 저희가 힘들어요, 라는 말처럼 들렸다.

커튼을 치고 자리에 누웠다. 몸이 젖은 솜처럼 매트에 달라붙었다. 커튼 한 장이 가린 좁은 세상이 눅눅하고 답답했다.

"이봐 거기, 어디가 아파서 온 거야?"

잠든 줄 알았던 창가 노인이 금방 잠에서 깬 것 같지 않은 목소리로 말을 걸어왔다. 노인은 마치 오래 알고 지낸 지인을 만난 듯, 묻지도 않는 사설을 늘어놨다. 경주는 커튼을 걸었다. 통증 때문인지, 경주를 바라보는 노인의 한쪽 이맛살이 유난히 깊었다.

"나는 계단에서 굴러 손가락 다섯 개가 다 부러졌어. 팔도 뼈가 조각조각 부서져 어렵게 깁스했고. 너무 아파."

노인이 또 얼굴을 찡그렸다. 그의 고통을 달래줄 위로가 필요해 보였다. 그러나 경주는 노인에게 들려줄 어떤 위로의 말도 생각나는 게 없었다. 아니 노인과 별반 말을 섞고 싶지 않았다. 멍하니 쳐다보다 슬며시 커튼을 치려 하자 노인이 버럭 화를 냈다. 싹수없기는……. 순간 경주는 자신도 모르게 영혼 없는 말이 툭 튀어나왔다. "조심하지 그랬어요." 그뿐이었다. 모든게 귀찮았다. 커튼을 치고 다시 자리에 눕자 노인이 또 한소릴 했다. 참, 요즘 것들은…… 인정머리도 없고……. 경주는 지그시 어금니를 악물었다. 툭하면 노인처럼 말하던 사람이 있었다. 혼자 말하고 혼자 대답하고, 타인에 대한 원망이 유난히 크던 사람. 노인이 또 푸념을 늘어놨다. 이렇게 아플 거면 차라리 죽는 게 낫지. 죽는 게 나아. 경주는 두 손으로 귀를 막았다.

장맛비가 쉼 없이 병실 창문을 두들기던 두 해 전 여름, 엄마는 부리가 큰 새가 쉬지 않고 온몸을 쪼아대는 것처럼 아파 견디기 힘들다고 고통스러워하다 눈 감았다. 폐암 말기, 눈을 감기엔 너무 이른 나이 쉰다섯, 지금의 경주 나이였다. 미라처럼 앙상한 엄마 주검을 지켜보며 경주는 차라리 죽음이 구원처럼 느껴졌었다.

경주는 열등감이 큰 아이였다. 그건 아버지 때문이라고 생각했다. 아버진 죽을 때까지 경주가 딸인 게 섭섭하다고 미워했다. 첫아들을 낳아 원하는 걸 다 시켜보고 싶었는데 네가 태어났다고 구박했다. 경주가 눈에 보이면 동작이 굼뜨다고, 공부도 못하고 어리바리하다고, 더 미운 건 아래로 여동생을 둘이나 봤다고 미워했다. ─계집애는 다 소용없어.─ 그때부터 경주는 늘 누군가의 뒤로 숨었다. 존재감을 감추기 위해 보호막이 필요했다.

잠을 청해 보지만 쉽게 잠이 오지 않았다. 노인의 앓는 소리가 바늘처럼 날아와 심장에 꽂혔다. 아파……. 엄마가 마지막까지 고통스럽게 울부짖던 소리. "나 좀 아프지 않게 해줘." 경주는 노인의 신음이 잦아들 때까지 천장에 풀어놓은 양 떼를 세고 또 세었다. 길고 지루한 밤이었다.

2

파도가 밀려오는 바닷가에 홀로 서 있었다. 맨발과 검은 플레어스커트가 젖고 온몸이 파도에 휩싸였다. 물과 어둠과 염기에 젖은 몸이 물을 따라 이리저리 수초처럼 떠다녔다. 숨을 쉴 수 없어 헉헉대다 눈을 뜨니 눅눅하게 젖은 침상이 경주를 품고 있었다. 밤새 뛰놀던 양이 사라진 천장에 아직 어둠이 가득했다. 링거 줄 때문에 거동하기가 불편했지만, 경주는 뒤뚱뒤뚱 샤워실로 향했다. 힘겹게 옷을 벗고 물을 틀었다. 투명한 물줄기가 몸을 씻어내리자 두 다리에 적혀 있는 붉은 글씨가 선명하게 살아났다. 수술할 왼쪽 발의 다리에는 yes, 오른쪽 다리에는 no. 반대쪽을 수술하면 큰일 나니까 이렇게 표시합니다. 저녁 늦게 찾아온 병실 주치의가 웃으며 한 말이다. 그는 어느 의사가 환자의 수술할 반대쪽 발목 힘줄을 잘라 걷지 못한 예가 있었다고 말했다.

"웃자고 하는 말 같은데, 안 들은 만 못하네요."

"조심하자고 한 말입니다."

무안함을 감추듯 주치의는 보호자 사인이 필요하다며 수술 동의서를 내밀었다.

"보호자 없어요. 실비보험까지 들어놨으니 그냥 하세요."

"동의서는 그렇다 치고, 수술할 때는 비상사태에 대비해 보호자가 밖에서 대기해야 합니다."

"간단한 수술이잖아요."

"누가 그래요? 수술은 네 시간 이상 걸릴 거고 하반신 마취하고 수술에 들어갑니다. 본인이 수술 과정을 다 느낄 수 있는데, 그게 싫으면 재워드릴 수는 있습니다."

"재워주세요."

경주는 의사에게 심통을 부리듯 퉁명스럽게 말했다. 특별한 일 없으면 수술 시간에 맞춰 가겠으니 걱정하지 말라는 남편 문자가 속을 긁었다. 특별한 일? 마누라 수술보다 더 특별한 일이 뭘까? 그날 산행 중 바위에서 구르지만 않았어도 이렇게까지 되지 않았을 거다. 이제 나이도 있으니 바위산은 그만 타자고 했지만, 남편은 굳이 제일 악산

인 설악산 공룡능선을 택했고 산 중턱에서 발을 헛디뎌 구르고 말았다. 발목뼈에 금이 가고 인대가 끊어졌다. 손목도 골절돼 깁스까지 해야만 했다. 그 뒤로 발이 늘 말썽을 부렸다. 그래 놓고 또 특별한 일? 아들도 갑자기 일본 출장이 잡혀 아침에 출발한다며 아빠가 간다고 했으니 걱정하지 말고 수술 잘 받으라고, 당부인지 위로인지 모를 문자를 띄웠다. 어차피 수술은 의사가 하는 건데 가족이 무슨 도움이 되겠어. 죽음길도 원래 혼자 가는 거라잖아. 그러나 생각만큼 위로되지 않는 불안에 경주는 마음이 불편했다.

오전 열 시가 조금 지났을 때, 병원이 술렁였다. 병원 앞 사거리에서 버스가 전복돼 많은 사상자가 발생했다고 했다. 수술 시간에도 변동이 생겼다. 결국 열두 시 수술이 두 시가 넘어 내려오라는 연락이 왔고, 간호사는 내려가기 전 혈압부터 재자고 했다. 그런데 조금 전까지 정상이던 혈압이 갑자기 170을 넘어 180까지 올라갔다. 당황하는 경주를 본 노인이 입술을 비틀며 히쭉 웃었다.

"담담한 척하지만 떨고 있는 거야."

간호사는 혈압이 150 이하로 내려가야 수술할 수 있다며 약을 줬다. 그걸 지켜본 노인이 또 한소리를 했다.

"놀랐나 보네. 뭘 그렇게 겁을 먹어? 한숨 자고 나면 이
미 수술은 싹 끝나 있을 텐데."

실실 웃음을 날리던 노인이 병실을 나서는 경주 침대 뒤
를 따라왔다.

"한숨 푹 자고 와."

닫히는 엘리베이터 문 틈새로 깁스하지 않은 노인의 한
쪽 팔이 꺾인 나뭇가지처럼 흔들거리는 게 보였다. 노인
목소리는 문이 닫힌 후에도 바람처럼 윙윙거렸다.

3

수술실 안은 서늘했다. 푸른 두건을 쓴 의료팀, 천장의
불빛들, 팔에 주사를 꽂으며 마취과 의사는 졸리면 한숨
푹 자라고 했다. 슬슬 감기는 눈 밖에 남편이 서 있었다.
'다 잘될 거야. 걱정하지 마.' 그래도 와주었네. 감기는 눈
으로 남편 얼굴을 확인하고서야 경주는 안심하듯 잠 속으
로 빠져들었다. 얼마나 잤을까. 술렁임과 독한 소독약 냄

새에 눈을 떴다. 속이 매슥거렸다. 누군가의 말소리가 들렸다. 마지막 처리는 김 선생이 하지. 닫히는 문소리, 웃음소리, 세상에서 가장 불편한 자세로 수술대에 묶여 있는 경주는 계속 주위를 두리번거렸다. 통증보다 지독한 하체의 무감각이 몸이 두 동강 난 것처럼 불편했다. 다리가 사라졌나? 불안이 코브라처럼 머리를 들고 일어섰다. 경주는 간호사를 불렀다.

"여기가 어디예요?"

"아! 벌써 깨셨어요? 여기 수술실입니다."

"나 좀 일으켜 봐요."

"안 돼요. 아직 상처 봉합하지 못했습니다."

간호사가 젖은 티슈로 경주의 마른 입술을 적셔줬다.

"어지럽고 메스꺼울 수 있어요. 봉합 때문에 약이 한 번 더 들어갈 수도 있습니다." 그러나 더는 잠이 오지 않았다.

지난해 경주는 퀘벡에 갔다. 혼자 떠난 여행이 더 낭만적이었다. 드라마 〈도깨비〉 작가가 묵은 호텔에서 하룻밤을 지내며 이국의 정취에 흠뻑 젖을 수 있었다. 커피를 마셨고 남편과 아이들에게 쓴 편지를 드라마 속 배우처럼 우편함에 넣기도 했다. 아브라함 언덕으로 올라가 묘비 앞에서 민들레 홀씨를 날려보기도 했다. 현실을 벗어난 몽환의 세계, 걸을 수 있어야 갈 수 있는 곳, 다시 홀씨가 되어 그곳까지 날아갈 수 있을까, 머릿속이 혼란스러웠다.

간호사가 집도의에게 환자 의식이 돌아왔다고 알렸다. 서둘러 봉합해야 할 것 같아요. 보고하는 간호사 목소리는 경주 기분과 다르게 경쾌했다. 경주는 천천히 손가락을 움직였다. 열 손가락이 모두 살아서 꼬물댔다. 그러나 발은, 하체는 전혀 감각이 없었다. 다시 눈을 감고 애써 기억을 떠올렸다. "착각하지 말고 꼭 왼발 수술해 주세요." 경주 말에 집도의는 "네, 걱정하지 마세요. 병실 주치의가 수술할 왼쪽 다리에 yes라고 크게 써 놨네요"라고 말했고 마취의가 다가와 허리에 지독히 아픈 주사를 놔줬었다.

"나 왼발 수술한 것 맞아요? 수술은 잘 됐나요?"

여러 사람의 웃음소리가 동시에 들려왔다. "네에, 수술 아주 잘 됐습니다." 잠 속에서 경주는 남편과 북한산 백운대에 서 있었다. 힘든 고지를 정복하고 거친 숨을 고른 남편이 싱그러운 미소를 보이며 말했다. 우리 이번 겨울에는 아프리카의 최고봉 킬리만자로에 오르자고.

"환자분, 이제는 주무시면 안 됩니다. 바로 회복실로 나갈 거예요."

간호사가 경주 어깨를 흔들었다. 만년설을 머리에 인 킬리만자로 서쪽 정상에는 미라가 된 표범의 사체가 있다고 한다. 표범은 춥고 먹을 것도 없는 정상에서 무얼 찾았을까? 죽어서도 내려올 수 없는 빙설 속에서 울부짖는 표범처럼 경주도 소리쳐 울고 싶었다.

"여보, 나 이 발로는 킬리만자로 정상을 오를 수 없어요."

"물론이죠. 이제는 발을 아끼세요."

병실 밖으로 휠체어를 밀어주며 간호사가 귀에 대고 속삭였다.

수술실을 나오며 경주는 남편을 찾았다. 그러나 남편은 보이지 않았다. 그새 가버렸나? 병실로 들어서자 야윈 턱선과 입술, 짧은 파마머리, 깁스한 팔이 침대를 따라오며 자판기처럼 말, 말을 쏟아 냈다.

"마취가 덜 깼어요? 수술은 잘 된 거지요?"

"자리로 가 계세요. 환자분 쉬게."

간호사가 노인을 밀쳐내고는 링거를 새로 갈았다. 자가통증조절장치(PCA pump)를 달아주고 심하게 아플 때마다 한 번씩 누르라고 했다. 누구도 대신 해줄 수 없는 아픔, 간호사가 불을 끈 다음 커튼을 치고 사라졌다. 이제 경주가 믿을 수 있는 건 가족도 의사도 아닌 통증 조절 장치와 커튼뿐이었다. 경주는 커튼 한 장으로 가린 세상이 무덤 속처럼 어둡고 답답했다. 밖에서 걱정하는 노인 말소리가 들려왔다. "저 집은 어째서 가족들이 얼굴도 안 비치는 거야? 마누라가 수술하는데 남편이란 자가 오지도 않고."

"코로나 때문이디요. 할마이도 기리찮아요?"

경주는 자신을 걱정해 주는 사람이 커튼 밖 노인뿐인가, 싶었다. 마음 같아선 노인에게 커튼 좀 걷어달라고 말하고 싶지만 그럴 수 없었다. 마취가 덜 깬 눈꺼풀이 무겁게 내려앉으며 다시 잠 속으로 빠져들었다. 휴대전화 벨 소리가 몇 차례 들린 것 같기도 했지만, 눈이 떠지지 않았다.

4

"지옥이 따로 있겠어? 이게 바로 지옥이지."

깁스한 팔을 잡고 지옥 타령을 하는 노인 소리에 눈을

떴다. 마취가 풀려서인지 발에 통증이 왔다. 커튼 사이로 간병인이 노인 얼굴을 닦아주는 게 보였다. 노인이 그를 소담 씨라고 불렀다. 연변에서 왔다는 그는 성격이 걸걸해 보였다.

"고저 지옥이 있으면 천국도 있갔죠. 며칠만 참고 기다려 보시라요. 곧 천국을 보게 될 기니께." 노인은 밤새 더 늙어버린 것처럼 얼굴이 푸석했다. 침대를 반쯤 세워 등을 기댄 모습이 꼭 생전의 엄마를 보는 것 같았다.

"앞집은 안즉 안 깬 거야? 잠은 잘 잤는지. 아 일어났으면 커튼 좀 걷고 말도 섞고 하지. 다 같이 아파 병원에 들어온 처지에 그렇게 숨기만 할 게 뭐람."

노인은 소담 씨에게 경주가 깨면 불편한 게 없는지 좀 도와주라고 했다.

"불편하면 자기가 간병인 구하갔디요. 돈 많은 강남 사모님이라는디."

얼굴이 확 달아올랐다. 소담 씨 말대로 왜 간병인도 구하지 않고, 가족도 부르지 않고 이 청승인지. 간호사가 올 때까지 경주는 숨죽이며 답답함을 견뎠다.

경주가 수술 중일 때 옆자리에 환자가 들어왔다고 했다. 그도 커튼을 치고 있어 얼굴은 보지 못했지만, 밤새 코를 심하게 골아 몇 번 잠에서 깼다. 여자의 코 고는 소리는 마치 휴전 없는 전쟁터를 쉬지 않고 달리는 탱크의 굉음처럼 병실 이곳저곳을 휩쓸었다. 드르렁드르렁 크크 탕탕탕……. 아침이 되어서야 잠이 깬 여자는 염치가 없는 건지 눈치가 무딘 건지, 휴대전화를 들고 또 사방으로 전화를 걸었다.

"언니, 나 입원했어. 응, 코로나 때문에 면회는 안 돼. 오지 마."

병원의 사소한 일까지 그것도 새벽부터 고자질하듯 보고하느라 그의 전화는 20분 넘게 이어졌다. 나 수술할 의사 총각이래. 크크, 여자는 자기의 코 고는 소리가 그치고 나서야 눈 좀 붙일까, 하는 병실 식구들 사정은 전혀 안중에도 없었다.

경주는 침대 옆 커튼을 확 잡아챘다. 여자가 놀란 얼굴로 경주를 쳐다봤다.

"뭐예요?"

"조용히 좀 해요. 코를 너무 골아 방 식구들 잠 못 자게 했으면 전화라도 하지 말아야지. 염치도 없고 눈치도 없고, 이건⋯⋯."

여자가 참을 수 없다는 듯 쓱 몸을 일으켰다. 휴대전화를 든 채 경주를 노려보는 두 눈에 독기가 서렸다. "조용히 해?" 몸을 일으킨 여자는 몸무게가 100킬로도 넘을 것 같은 거구였다. 한쪽 팔에는 붉은 장미 타투가 환하게 피어 있었다.

"코를 골 수도 있지. 당신이 뭔데 이래라저래라 지랄이셔? 그렇게 조용한 걸 원하면 처음부터 당신이 특실이나 1인실로 가지 왜 3인실로 와서 지랄이냐고?" 경주보다 서너 살은 어려 보이는데 반말이었다. 경주는 땅벌 집을 잘못 건드렸구나 싶어 얼른 커튼을 쳤다.

"그러잖아도 1인실 신청해 놨소이다. 자리 나면 가지 말라고 붙잡아도 나는 갑니다."

걸걸한 여자 목소리가 좁은 병실을 울렸다. 여자는 어깃장을 놓듯 선잠 깬 노인을 붙잡고 자기 이야기를 주절주절 늘어놨다.

"체중 때문에 한쪽 넓적다리뼈에 무혈성 괴사가 왔다네요. 참 재수 없어. 오늘 괴사된 부분을 잘라내고 인공 뼈를

삽입한다는데, 실력 좋다고 소문난 의사니, 수술 잘하겠죠?"

노인이 끌끌 혀를 찼다.

"어지간히 먹지. 뼈가 썩어 내려앉을 때까지 먹을 게 뭐야. 살 좀 빼."

경주는 커튼 뒤에서 노인을 거들 듯 낮게 중얼거렸다. 결국은 양쪽을 다하게 되겠지. 여자가 독사눈을 뜨고 노려보는 게 느껴졌다.

경주는 휠체어를 밀고 복도로 나왔다. 이 방 저 방 혹시 빈자리가 없나 기웃거리는데 누가 뒤에서 휠체어를 확 잡아당겼다. 노인 간병인 소담 씨였다.

"다른 병실로 가겠습네까? 일 없으니 그만두시라요."

경주가 겸연쩍게 웃자, 그가 휠체어를 정원이 있는 별관 쪽으로 밀었다.

"참으라요. 다른 병실도 다 똑같습네다."

정원으로 나오니 햇살이 눈부시게 밝았다. 카페에서 막 내린 향긋한 커피 향이 코끝을 간질였다. 도시의 매연까지도 향기로웠다. 몇몇 환자들이 의자에 앉아 무심히 강 건너 아파트촌을 바라보고 있었다.

"저그 모자 쓴 여자는 암 환자랍네다. 나이도 어려 보이는 사람이 참 안 됐시오."

항암 치료 때문에 머리가 다 빠져 모자를 쓰고 나온다는 여자는 표정이 없었다. 팔에 깁스한 남자와 다리에 깁스한 여자, 머리가 고장 난 사람과 마음이 병든 사람도 있었다. 누군가는 여기가 마지막 삶의 터전이 될 거고 누군가는 치료가 끝나면 걸어 나갈 수도 있겠지만, 다들 가슴에 감춘 한이 보였다. 마음이 출렁 물결을 탔다. 머무는 것만으로도 삶의 무게가 느껴지는 곳, 바라만 봐도 슬픔이 전달되는 사람들, 그래서인지 이곳 사람들은 말이 없고 서로의 시선을 피했다. 환자에겐 간병인과 의사가 있을 뿐이었다.

소담 씨가 은근히 말했다.

"할마이가 우선해서리 내 시간이 좀 있수다. 간병인 구하지 말고 날 쓰라요. 돈 적당히 쳐주고." 경주는 고개를 끄덕였다. 경주에게도 잘된 일이었다. 돈을 줘야 잡을 수 있는 팔, 경주는 소담 씨 팔을 잡고 일어섰다. 걸어서 돌아가려면 다리에 힘을 길러야 한다. 그러나 몸이 말을 듣지 않았다. "서두르지 말라우. 어제 수술하고 오늘 걷길 원합네까?" 소담 씨가 웃으며 경주 팔을 잡아줬다.

회진 왔다는 간호사 문자를 받고 소담 씨가 휠체어를 빠르게 밀었다. 병실로 들어서니 의사가 놀란 눈으로 바라봤다.

"이틀밖에 안 됐는데 산책도 하러 나가고, 벌써 다 나았나 봅니다?"

"아프진 않은데 걷지를 못하니."

"엉치뼈 떼어 발등에 이식까지 했는데 안 아프다니, 터미네이터예요? 걷는 건 시간이 지나야 하니 무리하게 디디지 말고 조심해요. 잘못하면 재수술도 할 수 있습니다."

간호사는 주치의가 어제 네 시간짜리 수술을 세 건이나 하고 아침 회진을 도는 건데 10분이나 기다리게 했다고 투덜댔다. 경주는 자신을 안심시키고 돌아서는 의사 어깨 위에 바위처럼 단단하게 달라붙은 피로가 보였다. 누구에게도 쉬운 일은 없다는 생각이 들었다. "수술이 간단했나 봐요?" 옆자리 여자가 아침 일이 미안했는지 넌지시 물었다.

"네. 발등 째고 부서진 뼛조각 몇 개 골라낸 다음 엉치뼈 잘라다 붙이고 핀 두 개로 고정했대요. 간단하죠?"

"네에? 그런데 안 아파요?"

"아프다고 말하면 대신 아파줄 거예요?"

"내가 대신 아파해 줄까 봐서 참는 겁니까? 엄살 부리는 저 노인네도 문제지만 가만히 보면 성격 참 독특하네요." 여자가 침대 앞에 붙은 경주 네임 표를 보고는 장경주 씨, 나보다 언니네요, 라며 씩 웃었다.

"저 말하는 거 좀 봐. 내가 엄살이라고? 싹수없기는……."

노인이 또 입을 비죽였다. 사람들은 아니, 환자들은 가슴속에 뾰족한 송곳을 숨기고 사는 것 같았다. 물론 경주 가슴속에도 날카롭고 거친 송곳이 있었다. 그 송곳으로 너무 많은 사람을 찌르며 살아왔다는 것을 병원에 오고서야 깨달았다.

발목 통증으로 처음 병원을 찾았을 때, CT를 찍은 의사는 심각하게 말했었다.

"심하게 발목을 다쳤던 적이 있네요. 그런데 왜 치료를 제대로 안 했습니까?"

의사는 마모된 발목 연골에 대해서 자세히 설명을 해줬다. 그의 표정이 너무 근엄해 환자인 경주는 웃음이 나왔다. 적당히 하시죠. 천진하게 생글거리자, 의사가 굳은 표정으로 말했다.

"그동안 봐 온 환자는 두 부류가 있는데, 병 상태에 대해서 말도 하기 전에 겁부터 먹고 살려달라고 매달리는 환자가 있는가 하면, 선생님만 믿겠으니 알아서 고쳐 달라고 담담하게 말하는 환자가 있죠. 그런데 내가 심각하다고 말해도 생글생글 웃기만 하는 환자분은 어떤 부류인지 알 수가 없네요. 내가 신뢰 가는 의사가 아니라는 것 같기도 하고…… 더 늦지 않게 큰 병원을 찾아가 보십시오. 단언하건대 이대로 두면 걷지 못할 수도 있습니다."

병원을 나온 경주는 의사가 말한 큰 병원이 아닌 옆 건물 3층에 있는 한의원으로 갔다. 그리고 침을 맞고 뜸을 떴다. 한의사가 물었다.

"수술하라고 하던가요? 그 병원 소문났습다. 가는 사람마다 수술하라고 한다고. 비싼 돈 들여 건물 짓고 장비 들여와 병원 개업했으니 서둘러 원금 회수해야겠죠. 걱정하지 마세요. 내가 수술 안 하고 낫게 해줄 테니." 그러나 한의사 말과 다르게 발목 상태는 계속 나빠졌고 결국은 수술까지 하게 됐다.

감은 눈 속에서 로렌스 강의 물결이, 거리의 악사가 들려주던 〈도깨비〉 OST 연주가 바람을 타고 파도처럼 일렁였다. 오후 네 시쯤, 옆 침대 여자는 괴사한 뼈를 잘라내고 인공 뼈로 바꿔 넣었다. 힘든 수술이었다고 간호사가 말했다. 노인은 또 여자 곁을 떠나지 못하고 서성였다.

"수술 잘 됐을 테니 걱정하지 말고 한숨 푹 자."

방 식구들은 여자를 걱정하며 밤늦게까지 잠들지 못했다. 간병인이 얼음주머니를 갈아주느라 몇 번 병실을 들락거렸고, 간호사가 수시로 오가며 여자의 열을 쟀다. 경주도 커튼 뒤에서 여자를 위해 기도했다. 제발 무사하기를……. 남편이 보낸 문자가 단톡방에 떴다. 그러나 경주는 문자를 읽지 않고 잠이 들었다.

5

경주는 목발을 짚고 정원으로 나왔다. 열심히 걷고 있는 환자들 틈에 끼어 이를 악물고 정원을 세 바퀴나 돌았다. 등에 땀이 뺐다. 강 건너 풍경을 바라보자, 고양이 두 녀석이 눈에 밟혔다. 딸은 키우던 고양이를 맡기고 지난해 태평양을 건너가더니 엄마 안부는 묻지 않아도 고양이 안부 문자는 거르지 않았다.

"엄마, 양이 밥은 잘 챙겨주고 있지요?"
"털 썸벅썸벅 자르지 말고 꼭 미용실 가서 예쁘게······."
"예방 접종 빼먹지 마요."

나쁜 년, 경주는 그때마다 섭섭함에 욕부터 하고 싶었지만, 걱정하지 마, 너는 잘 지내지? 안부부터 물었다. 나이 탓인가. 물색없이 섭섭한 게 많다. 자식들보다는 남편한테 더 그렇다. 수술하는 날도 안 오더니 코로나 PCR 검사하기 불편하다며 퇴원하는 날 오겠다고 문자만 보내왔다. 자식이야 내 배 아파 낳은 것들이니 이래도 저래도 봐줄 수 있지만, 남편은 죽을 때까지 자기 수발들어 주고 떠날 마누라한테 이러면 안 되지 싶은 게 경주는 그동안 수고비 이자까지 쳐 받고 싶은 생각이 들었다.

남편이 허리 디스크 수술을 받았을 때, 수술한 환자보다 경주가 더 고통스러웠다. 수술이 끝났다고 금방 통증이 가라앉는 것도 아니었다. 허리 수술 후 정말 심각한 건 환자 혼자서는 아예 움직이지도 못하는 거였다. 그 어려운 시간 동안 경주는 남편 옆에서 회복을 위해 최선을 다했다. 그런데 코로나 PCR 검사가 무섭다고? 짜증 난다고?

남편은 경주가 첫아이 낳을 때도 지금처럼 말했었다. 분만 일이 다가오자, 병원 갈 가방을 챙겨 놓고도 경주는 걱정이 많았다. 새벽에 진통이 오면 남편이 감당할 수 있을지, 그런데 우려대로 밤 열두 시경에 이슬이 보이고 양수가 터졌다. 그동안 진료를 받아온 산부인과까지는 차로 한 시간 정도는 가야 했다. 새벽 두 시가 넘어서자, 진통이 더 빨라졌다. 처음 겪는 일이라 두렵고 겁이 났다. 곤히 잠들어 있는 남편을 깨웠다. 남편은 피곤하다며 아이는 그렇게 쉽게 낳는 게 아니라고, 옛날 어른들 말로는 하늘이 서너 번은 노래져야 낳는 거라고 했다며 아랫목으로 내려와 따뜻한 데다 배 대고 누우라고 했다.

기가 막혔다. 남산만큼 부른 배를 그것도 아이가 빨리 밖으로 나오겠다는데 참으라니. 경주는 진통을 견디다 새벽 여섯 시쯤 차를 불러 혼자서 병원으로 왔다. 물론 남편은 아들이 태어나는 걸 보지 못했고, 경주는 몇 번이나 까

168

무러쳐 죽음의 경계를 넘나들어야 했다. 그것에 비하면 이 정도 수술이야, 하면서도 그때를 생각하니 남편이 더 미웠다.

다시 목발을 짚고 일어섰다. 걸어야 해. 난 걸을 수 있어. 뜨거운 열기가 등줄기를 싸하게 훑어 내렸다. 노인과 간병인 소담 씨가 걸어오다 그 모습을 보고 손을 흔들었다.

"또 혼자 나왔구면. 같이 나올 일이지."

그런데 이상하게 이제는 노인과 소담 씨 참견이 싫지 않았다. "정말 가족 없습네까?" 소담 씨가 물었다. 어떻게 대답해야 할까. 경주는 먼 하늘을 올려다봤다.

"구름이 참 아름답죠? 사람도 늙을수록 저렇게 빛이 나고 아름다우면 얼마나 좋을까요."

"일 없습네다."

"소담 씨는 왜 그렇게 궁금한 게 많아요? 직업의식인가? 나 남편도 있고 아들딸도 있고, 집도 있어요. 봐요, 이렇게 카드도 세 개나 있고. 이 카드 가지고 가서 커피나 사 와요."

"그럼, 면회 오라고 전화 하라우. 와 가족을 지척에 두고 외롭게 견딥네까? 혹시 부모님 사랑 못 받고 자랐습네까?

힘들 때 손 내밀지 못하는 것, 기거 열등감임네다."

나이 쉰이 넘어 한국까지 돈 벌러 나온 소담 씨는 모든
게 가족과 연결돼 있었다. 한 푼이라도 더 많이 벌어 중국
에 있는 가족에게 돌아가고 싶은 소담 씨는 입만 열면 아
들 자랑을 했다.

"우리 아가 중국서 의사 공부를 하고 있시요. 당성도 좋
아 당 간부 집에서 사우 삼갔다고 점 찍었는디, 나가 버티
는 중이디요. 집이라도 한 칸 마련해 장가보내야 기 안 죽
고 살기라서."

소담 씨 남편도 공산당 당원이라고 했다. 몇 번 한국에
나왔다가 들어갔다며 친지들도 함께 나와서 같이 집 얻어
살고 있다고 자랑스러운 듯 말했다. 그런 소담 씨 눈에는
경주가 이상하게 보일 수 있었다.

"너무 바쁘게만 살다 보니 이렇게 혼자 지내는 것도 나
쁘지 않아 전화 안 하는 건데."

노인이 삶에 너무 진 빼지 말고 대충 살라고 말했다. 엄
마도 경주에게 해주지 않은 말을 노인이 해줬다. 그런데도
경주는 죽은 엄마가 그리웠다.

6

병실 유리문 안으로 햇살이 가늘고 긴 손을 뻗었다. 장마철이라 그런지 모처럼 햇살이 친구처럼 정겨웠다. "어때요. 아프지 않죠?" 아침 회진 나온 교수가 옆 침대 여자에게 물었다.

"수술 전보다 훨씬 덜 아파요."

"나이가 젊으니까, 회복도 빠르네요. 내일부터 걸어봐요."

여자는 놀란 눈으로 의사를 쳐다봤다. 여자 얼굴에 번진 흐뭇한 미소를 본 노인과 경주는 입이 다물어지지 않았다. 엉치뼈를 수술한 지 3일 만에 걷는다고요? 나이가 젊어서 그렇다고요? 경주는 땡감을 씹은 표정으로 의사를 쳐다봤다. 경주 주치의는 깁스를 3개월 하고도 재활치료를 몇 달은 더 해야 걸을 수 있을 거라고 했다. 그것도 불확실한 추측일 뿐이라고. 그런데 여자는, 틈만 나면 찾는 유능한 그의 신이 도와서인지 확실히 회복이 빨랐다. 경주는 여자의 신이 머문다는 하늘을 올려다봤다.

"오늘은 상처 소독 좀 합시다."

병실 주치의가 찾아와 발목 상처를 지지하고 있는 판을 떼어냈다. 꿰맨 상처 위에 검은 피가 흉물스럽게 굳어 있었다. 터진 치맛단을 꿰매듯 한 땀 한 땀 발등을 스친 바늘 자국들이 주인의 홀대에 화가 난 듯 벌겋게 부었다. 발의 통곡 같은 상처. 의사는 내일 깁스하고 퇴원할 거라고 했다. 막상 퇴원 말을 듣고 나니 불안했다. 어떻게든 걸어서 돌아가겠다던 의지가 무색했다.

노인도 내일 퇴원이다. 일주일만 더 있게 해달라고 사정했지만, 의료법상 연장은 안 된다고 했다며 짜증을 냈다.

"아니 무슨 법이 그러냐고. 환자가 아프지 않아야 퇴원하는 거지. 그러니까 돈 되는 수술 끝난 환자는 자리만 차지하니 나가라 뭐 그런 거 아냐?"

노인은 풀 죽어 점심도 그대로 내보냈다. 걷기 시작한 옆 침대 여자는 휴대전화를 들고 창가를 서성였다. 전화를 기다리는 듯했다. "아 짜증 나. 전화도 안 오고 1인실 자리도 안 나고." 나는 여자의 두꺼운 얼굴을 쳐다봤다.

"1인실 가면 코도 마음대로 골고 전화도 실컷 하고 얼마나 좋을까? 간병인 언니는 심심하겠지만." 소담 씨 말에 여자는 민망한지 워커를 잡고 방을 나갔다. 그리고 10분쯤 지나 볼이 잔뜩 부어 돌아왔다. "왜?" 노인이 묻자, 여자는 고기반찬으로 식단 좀 바꿔 달라고 했더니 살 빼야 한다고 거절했다며 툴툴거렸다. 아무리 환자지만 어떻게 풀만 먹고 살아요? 노인이 끌끌 혀를 찼다.

"이제부터 어지간히 먹고, 운동 열심히 해서 살 빼. 내가 보기에 반은 빼야 할 살이구먼."

여자가 민망한 듯 다시 병실을 나갔다. 경주도 커피 생각이 나서 휠체어를 타고 지하로 내려왔다.

오늘은 캐러멜 마키아토 다섯 잔을 주문했다. 노인과 여자, 소담 씨와 여자의 간병인, 그들이 마실 커피는 좀 더 달아야 할 것 같았다. 코로나 핑계 대고 내내 얼굴조차 보여주지 않는 가족보다 일주일을 같이 보낸 이들이 이제는 더 식구 같았다. 그동안 커튼 뒤에 숨어 쏘가리처럼 쏘아 댄 민망함에 대한 사죄라고 할까. 경주가 커피를 사 들고 오는데 빵집에 앉아 있는 여자가 보였다. 여자 앞에 기름진 빵과 샐러드 한 접시가 놓여 있었다. 경주를 보고 볼이 터지라 욱여넣던 빵을 한 번에 삼키느라 얼굴이 시뻘겠다.

"배고파서……. 내가 하루에 다섯 끼씩 먹는 사람인데 염소나 먹는 풀떼기 한 접시 주고는 다이어트니, 체중 줄

이기니 온갖 쓸데없는 소리만 해대니. 그래도 비밀로 해줘
요."

여자가 콧등을 찡그리며 웃었다.

또 비가 오려는지 창밖 하늘이 검은 구름을 불러 모았
다. 장마철 일기는 뺑덕어멈 낯짝 같다고 했던가.

7

일주일 입원은 치료보다 휴식의 의미가 컸다. 나가면 당
장 밀어닥칠 일들을 생각하니 발목이 더 아픈 것 같았다.
어디론가 도망가고 싶다는 생각이 들 때, 지하 1층 석고실
에서 빨리 내려오라고 호출이 왔다. 휠체어를 밀어주는 병
원 직원이 팁이라며 한마디 했다.

"석고실 실장이 성질이 좀 까칠하니 뭐라 해도 이해하
고 참으십시오."

문을 열고 들어서니 책상과 침대, 여러 가지 석고 물품
들이 가득 들어찬 좁은 방 안에 흰 가운의 남자가 앉아 있
었다. 무표정한 그의 침묵이 묘한 공포감을 자아냈다. 그

는 경주가 인사를 해도 별 반응 없이 자기 일만 했다. 경주는 무춤해져 슬쩍 농담을 건넸다.

"깁스 예쁘게 해주세요."

남자가 흘깃 경주를 쳐다봤다. 그 몰골로 예쁘게? 남자 입가로 차가운 미소가 스쳐 지나갔다.

"손이 참 예쁘세요."

남자가 물에 젖은 유리섬유로 경주 발목을 감싸며 퉁명스럽게 말했다.

"깁스 예쁘게 해달라는 사람 처음 봅니다."

"제가 원래 예쁜 걸 좋아해요. 특히 잘 생긴 남자를 더 좋아하고."

"입에 기 모으지 말고 발 관리하는 데나 정성을 쏟으시죠. 발이 고장 나면 인생 끝난다는 것 모르진 않죠? 여기 오는 사람들 발을 보면 이 사람이 어떻게 살아왔는지 한눈에 알 수 있어요. 늘 허겁지겁 뛰어다녔죠? 발이 애원하고 있습니다. 이제 좀 쉬게 해달라고."

"죽으라고요? 무덤에 들어가면 걷는 일도 없을 테니 매일 쉬겠죠."

"무덤까지는 자기 발로 걸어 들어가야 한다는 말이죠.

그게 남겨두고 가는 육신에 대한 예의죠. 무덤까지 목발 짚고 갈 겁니까?"

그럴 수는 없었다. 무덤까지 목발이라니.

병실로 올라오니 분위기가 썰렁했다. 퇴원을 도우러 온 노인 아들이 고개를 숙이고 침대 끝에 앉아 있었다.

"빨리 가서 말해. 나 죽어도 오늘 퇴원 못 한다고. 진통 제 아니면 잠시도 못 견디겠는데 집에 가서 어쩌라고. 못 가, 안 가."

노인이 티슈 통을 집어던졌다. 전화를 받은 병실 주치의가 황급히 달려왔다.

"규정상 안 되는 일이라서. 집 근처 재활병원으로 가세요."

노인이 침대에 벌렁 드러누웠다. "그럼, 관에 누워 나갈 거야." 노인 아들이 의사를 붙잡고 사정했다. 병실 티브이 뉴스는 주택법 개정을 두고 여야가 싸우는 장면을 보여줬다. 논쟁이 아니라 전쟁 같았다. 세상 어디에도 평화는 없는 걸까.

"야 이놈들아, 싸우지만 말고 한가지라도 똑똑히 해." 노인의 화가 애먼 데로 방향을 틀었다. 그때 달려온 간호사가 말을 전했다.

"사흘만 더 있다 가시래요."

야호, 여자와 소담 씨가 만세를 불렀다.

"드디어 소원 이루셨네. 비록 사흘이지만."

경주 말에 노인이 멋쩍은지 씩 웃었다.

"당연한 걸 두고. 자기도 가지 말고 며칠 더 버텨."

그때, 얼굴이 벌겋게 달아오른 여자 언니가 두 손 가득 짐을 들고 병실로 들어섰다. 간병인이 내려가고 교대로 언니가 올라온 거였다. 소담 씨가 달려가 짐을 받아 의자에 놔주었다. "더운데 뭘 이리 많이 들고 왔수?" 노인이 묻자, 여자의 언니는 동생이 먹고 싶다고 한 것들 좀 싸 왔다고 했다.

"그나저나 동생 때문에 죄송해요. 그렇게 코를 심하게 고는데도 그냥 이 방에 있으라고 했다면서요."

노인이 놀란 눈으로 여자를 쳐다봤다. 소담 씨가 눈을 찡긋했다.

"엄마 일찍 죽고 제 나이 스무 살부터 이 동생을 키웠어요. 그런데 저렇게 시집도 못 가고 뚱뚱하고, 정신도 온전치 못하고." 여자가 무슨 말을 하냐며 버럭 소리를 질렀다.

여자 언니가 식판을 펴더니 피자와 음료수를 놓고 커튼을 쳤다. 투덜대는 여자 목소리가 커튼 밖으로 새 나왔다.

"언니, 그이한테서 아직도 전화 안 왔어."

"미친 것. 어느 놈이 너한테 전화한다고 기다려."

병원비를 정산한 남편이 올라와 짐을 챙겼다. 일주일 만에 보는 얼굴이 생경했다. "고생했어." 남편은 아침부터 와서 코로나 PCR 검사를 했다고 미간을 찡그렸다. 경주는 목발을 겨드랑이 밑으로 끼워 넣으며 병실을 돌아봤다. 휴대전화를 손에 든 여자가 침대 난간을 잡고서 경주를 쳐다보더니 쪽지를 내밀었다.

"여기 내 전화번호. 시간 날 때 전화 줘요. 나는 재활 때문에 언제 퇴원할지 몰라요."

전화? 경주는 여자를 안다. 그가 자신의 전화는 기다리지 않을 거라는 것을. 1인실 신청을 하지도 않고 넉살 좋게 일주일을 버틴 여자, 있지도 않은 남자 전화를 하루도 빠지지 않고 기다리는 망상, 평생 한 번도 교회 문턱을 밟지 않고도 아버지 하나님을 외치던 넉살스러움, 경주는 여자의 채워지지 않는 허기를 생각하며 웃어줬다.

"전화할게요. 잠자지 말고 꼭 받아요."

잠시 익숙해진 정을 상기하며 조금 섭섭한 인사를 나누고 있지만, 곧 기억에서 잊힐 여자를 품에 안았다. 퉁퉁한 여자의 살이 물컹 가슴에 닿았다. 그건 언니를 엄마로 알고 살아왔다는 외로움의 덩어리 같았다. 여자가 아닌 경주 자신을 품에 안은 느낌도 들었다. 노인이 애잔한 눈으로 경주를 쳐다봤다. 가슴 깊은 곳에 무딘 세월을 감추고 산 연륜이 밴 눈, 기어이 커튼을 넘어와 풀쐐기 같은 자신을 품은 노인을 향해 경주도 미소를 보였다.

"빠른 회복을 빌어요."

문 앞까지 노인과 소담 씨, 여자와 그의 간병인이 따라 나왔다. 경주는 소담 씨 주머니에 그동안 돌봐준 수고비를 넣어주며 아프지 말고 잘 지내다 고향으로 돌아가라고 말했다.

1층으로 내려오니, 카페 앞에 긴 줄이 서 있었다. 커피 향이 풍겼다. 경주는 눈을 감고 향을 들이마셨다. 남편이 경주 마음을 읽은 듯 카페로 향했다.

"커피 사 올게."

"아니, 내가 살래요."

경주는 남편을 제치고 카페로 향했다. 목발을 짚고 걷는 걸음이 살찐 오리처럼 뒤뚱댔다. 그래도 온 힘을 다해 걸었다. 그리고 커피를 주문했다.

"에스프레소 한 잔."

경주는 자신의 커피 향을 찾고 싶었다. 캐리어를 들고 되돌아서 절뚝절뚝 엘리베이터를 향해 걸었다. 커피가 출렁였다. 저만치 엘리베이터 앞에서 기다리고 있는 남편이 절뚝거리며 걸어오는 경주를 보고 웃었다.

"조심해."

경주 걸음이 조금 더 빨라졌다.

"조심하라고."

남편이 소리쳤다. 순간 미끈하며 천장이 발밑으로 추락했다. 남편 목소리가 달려왔다. 저만큼 튕겨 나간 목발, 허우적대는 손, 커피가 바닥을 적셨다. 이게 뭐야. 나 잘 걸을 수 있는데, 나 걸을 수 있다고……. 붉은 캐리어가 동심원을 그리며 이리저리 굴렀다. 일어서야 한다. 유연하고 아름답게. 경주는 발을 들어 올렸다. 그러나 몸이 말을 듣지 않았다. 지느러미가 찢긴 물고기처럼 다리가 허우적댔다. 그때, 남편이 손을 내밀었다.

"자, 내 손 잡고 일어나. 어서."

경주는 남편 손을 뿌리쳤다. 커피가 엎질러진 바닥에서 짙은 향이 피어올랐다. 경주는 목발을 짚으며 중얼거렸다.

"내 힘으로 서고 걸을 거라고."

엄마의 섬 산티아고

엄마가 사라졌다. 식탁 위에 남기고 간 쪽지에 흐린 눈물 자국 같은 게 보였다.

"나 산티아고 다녀올게."

산티아고? 나는 쪽지를 손에 쥔 채 엄마 방으로 들어가 옷장 문을 열었다. 모든 게 평소 그대로다. 계절에 맞춰 꺼내놓은 옷과 스카프, 늘 들고 다니던 손가방, 어느 것 하나 빈틈없이 균일한 간격을 유지한다. 가방 지퍼를 여니 여권과 휴대전화, 꽃무늬 손수건과 반지갑, 염주 주머니도 그대로 들어있다. 이렇게 다 두고 어딜 간다고?

해가 기울며 창밖 어둠이 집 안으로 젖은 발을 들이밀었다. 어둠이 검은 보자기처럼 모든 걸 덮자, 엄마가 사라진 집이 더욱더 황량했다. 다리를 절뚝이며 걸어가는 엄마의 뒷모습이 환영처럼 창문에 어른거렸다. 나는 어둠을 털어내듯 거실 스위치를 올렸다. 숨어 있던 물체들이 빠르게 제 모습을 드러냈다. 소파와 티브이, 에어컨과 탁자, 창문을 바라보고 서 있는 녹보수 화분과 암갈색 암막 커튼, 출근할 때 돌아본 풍경과 별반 달라진 게 없는 거실이다. 그러나 내게 가장 소중한 사람 엄마가 그곳에 없었다.

나는 휴대전화를 꺼내 단축번호 1번을 눌렀다. 엄마 가방 속에서 영인스님의 반야심경이 애절하게 울었다.

'마하반야바라밀다심경 관자재보살……'

컬러링 좀 바꾸자고 그렇게 말해도 듣지 않더니 스님이 좁은 가방 속에서 숨 가쁘게 반야심경을 독송했다. 독경이 멈추면 다시 1번을 눌렀다.

'사리자 색불이공 공불이색……'

스님의 독경은 되돌이표가 찍힌 음계처럼 돌고 돌았다. 그때 엄마의 카톡방에 문자가 떴다. 엄마의 단짝 친구 수지 아줌마였다.

'내일 원각사 점심 봉사 가려고 하는데 같이 갈 수 있을까? 봉사자가 부족해. 전화 줘.'

아줌마는 빠른 대답이 필요한지 재촉 문자를 거듭 두 통이나 띄웠다. 나는 엄마가 읽지 않은 문자들을 차례로 클릭했다. 따님이 좋아하는 용과 들어왔다고 과일가게에서 보낸 문자, '혹시 집 내놓으셨어요?' 건우의 죽음을 알고 있는 사거리 부동산에서 보내온 문자 옆에도 1이란 붉은 숫자가 떠 있었다. 그러나 어느 것 하나 엄마가 간 곳을 알려주는 내용은 아니었다.

한 달 전, N 방송사는 가상현실을 이용해 죽은 자를 만나게 해주는 VR 휴먼 다큐멘터리〈너를 만났다 1〉을 방영했다. 뭐랄까, 죽은 자가 다시 살아 돌아오는 부활을 그렸다고 할까. 다큐멘터리를 제작한 클레온 진 대표는 현재 1000여 개 국내외 인공지능 기업이 공동 개발하고 있는 것 중 하나가 얼굴, 목소리 복원 기술이며 그걸 이용해 클레온이 다큐멘터리를 제작했다고 했다. 방송이 끝나자 감탄했다는 반응이 많았지만 죽은 자를 모독하는 것 아니냐는 반론이 일기도 했다. 그런데도 클레온 측은 유사한 사연을 가진 사람들의 신청을 받아 〈너를 만났다 2〉를 제작하겠다고 했다. 이례적인 일이었다. 엄마가 다음 다큐멘터리를 찍는다면 어떨까? 문득, 그런 생각이 들었다. 일주일 넘게 고민 끝에 나도 신청서를 보냈다. 그리고 엄마에게 〈너를 만났다 1〉 영상을 보여줬다.

엄마는 그동안 용하다는 점집을 찾아다니며 영매를 통해 건우와의 만남을 시도했고 부활을 말하는 종교단체를 찾아가서는 내 아들 좀 살려달라고 매달리기도 했다.

"당신들 신은 죽은 아들도 사흘 만에 살렸다면서 왜 내 아들은 안 되는데요?"

엄마는 마치 모래바람 부는 광야를 헤매는 한 마리 승냥이처럼 울었고 자주 절망했다. 그런 엄마가 다큐멘터리를 보고는 아무런 말이 없었다. 당장 나도 신청해 달라고 내 목이라도 잡고 매달릴 줄 알았는데 그러지 않았다.

"엄마, 건우에게 꼭 할 말이 있다고 했잖아?"

그러나 대답 없이 방으로 들어간 엄마가 딸깍 문 잠그는 소리가 들렸고, 내가 출근하는 아침까지도 문을 열지 않았다. 그리고 다음날도 나를 피했다. 나는 엄마의 의도를 알수 없었다.

클레온에서 1차 서류 심사에 엄마가 선정됐다고 연락이
왔지만, 나는 잘한 일인가 다시 한번 생각해 봐야 했다. 그
건 엄마의 반응이 너무 담담해서였다. 그러나 추적추적 내
리는 이슬비가 구두와 옷, 마음을 적시던 오후, 마지막 면
담자인 나는 마음을 다잡고 진 대표를 찾아갔다. 진 대표
는 내게 건우의 죽음에 대해 다시 말해 보라고 했다. 그 아
픈 기억을 다시 말해 보라고? 난 말할 수 없었다. 아니 말
하고 싶지 않았다. 진 대표가 채근했다.

"어서 말씀해 보세요."

"싫습니다. 이미 제출한 서류에 자세히 적혀 있는데 뭘
또 말해요? 잔인하기는⋯⋯."

나는 자리를 털고 일어서며 진 대표를 노려봤다.

"이 짓이라도 하지 않으면 엄마까지 잃게 될까 두려워
할 수 없이 온 겁니다."

탁자를 거칠게 밀치고 돌아서 문을 향해 걸었다. 눈물이
왈칵 쏟아졌다. 그때 진 대표가 나를 불렀지만 돌아보지
않았다.

"김지은 씨, 우리가 다큐멘터리를 제작한 이유가 바로

그겁니다. 죽은 자가 아닌 당신 같은 가족의 고통을 덜어 주기 위한 것. 이리 오세요."

걸음을 멈췄다. 그리고 돌아서 그를 쳐다봤다. 진실해 보였다. 그가 한쪽 벽에 설치된 모니터 스위치를 올리자, 방송되었던 〈너를 만났다 1〉이 재생됐다.

"이미지합성기술로 영상의 얼굴과 목소리를 바꾸려면 기본적으로 사진 10만 장과 40시간 정도의 학습 시간이 필요합니다. 그러나 저희는 동생 사진 한 장과 녹음된 음성 데이터 30초짜리만 있으면 저 화면 속 아이처럼 동생을 살아있는 모습으로 만들 수 있습니다."

"사진 한 장으로요?"

"물론입니다. 우리는 사람의 머릿속에 있는 기억을 복제해 가상 인간으로 만들어 영원히 존재하게 할 수도 있습니다. 요즘은 죽은 사람을 만나는 방법도 있다더라, 어머니가 말씀하셨다는 바로 그 기술인 거죠."

진 대표는 실제 건우가 살아 돌아와 엄마와 대화하는 것처럼 만들 수 있으니 걱정하지 말라고 자신 있게 말했다. 난 그 자리에서 건우 사진과 음성이 녹음 된 파일을 진 대표에게 건네줬다. "어떻게든 동생을 만나게 해줘요." 그건 지옥까지라도 따라가 건우를 끌고 오고 싶은 심정으로 내린 결정이었다.

건우는 산티아고 도보 여행을 떠났다가 돌아오지 못했다. 벌써 1년 전 일이다. 아빠와 엄마, 내가 연락받고 정신없이 스페인으로 날아갔을 때, 그곳 병원에서는 과도한 행보로 인한 탈수와 심장마비라고 사인을 말해줬다. 건우는 대학생 국토대장정에도 참가하여 포항에서부터 고성까지 573킬로미터를 완주했던 건강한 아이다. 주말이면 친구들과 어울려 전국 곳곳의 산행을 즐겼고 졸업 후에는 히말라야 등정 계획을 세우기도 했다. 산티아고 여행은 순례가 아닌 미래에 대한 도전이라고 했다. 그런데 20명 참가자 중 건우만 돌아오지 못했다. 엄마는 의사 말을 믿을 수 없다며 건우가 걸었던 길을 헤매고 다녔다. 그러나 다른 사고 원인은 찾아내지 못했고, 결국 건우는 한 줌 분골로 돌아왔다. 그리고 건우 분골은 부산 바다에 뿌려졌다. 엄마의 뜻이었다.

"건우 보고 싶으면 어떡하려고. 봉안당에 안치하자."

동행한 수지 아줌마와 내가 몇 번을 권했지만, 엄마는

이미 한 줌 분골에 건우가 없다는 사실을 잘 알고 있는 듯 고개를 저었다.

"넓은 바다로 보내주고 싶어. 꿈이 컸던 아이였어."

엄마와 아빠는 내가 분골을 다 뿌릴 때까지 바다만 바라봤다. 죽음 앞에서 설움을 삭이는 건 각자의 몫이었다. 파도는 하얀 물보라를 일으키며 순식간에 건우를 품고 사라졌다. 본래 어느 곳에도 없었던 것처럼. 건우는 그렇게 떠났다.

스페인에서 가랑잎처럼 바스락거리는 엄마를 부축하여 서울로 돌아왔을 때, 아빠는 엄마 마음을 칼로 저미고 소금까지 뿌렸다. 난 당신 절대 용서 못 해. 어미라는 사람이 애가 설쳐도 말려야지 등 떠밀어 보내더니 일을 이 지경으로 만들어? 아빠는 엄마를 단죄할 수 있는 절대적 신이라도 된 것처럼 힐책했다. 나야말로 그런 아빠를 용서할 수 없었다. 건우는 떠나기 전 아빠가 있는 부산에 다녀왔다. 하룻밤을 묵고 돌아온 건우는 아빠와 무슨 이야기를 나눴는지 우울하고 고통스러워했다. 안 봐도 알 수 있었다. 얼마나 건우를 닦달하고 몰아붙였을지. 그래 놓고 엄마를 원망하다니. 아빠는 그날로 근무처인 B 대학이 있는 부산으로 내려가 다시는 연락하지 않았다. 찰나의 순간에 아들을 잃은 엄마를 가장 위로해줘야 할 사람이 아빠였다. 그런데 아빠는 엄마의 상처를 보듬어 줄 여유까지 잃었고, 할퀴고 물어뜯기까지 했다. 원망과 증오, 그건 하나가 될 수 없는 영원한 평행선이었다.

엄마는 섬망 속에서 건우를 찾았다. 꿈을 깨고 나면 멍한 시선으로 허공을 바라보며 건우를 불렀다. 그리곤 중얼거렸다. '요즘은 죽은 사람을 만나는 방법도 있다던데……?' 그런 엄마의 소원을 진 대표가 들어주겠다고 했다. 건우를 만져보고 대화도 나눌 수 있게 해주겠다고. 그런데 엄마는 왜 사라진 걸까? 빨리 엄마를 찾아야 한다는 생각에 잠을 이룰 수 없었다. 혹시 엄마에게 무슨 일이 생기면, 나도 살 이유가 없었다. 생각할수록 모든 게 불안하고 마음이 급했다.

아빠는 초등학생인 나와 건우에게 70년 만에 나타났다는 혜성을 보여주기 위해 한밤에 강원도까지도 차를 몰았던 사람이다. 길에는 별을 보기 위해 차를 끌고 달려온 사람들이 많았다. 그날 혜성을 보고 학교에 늦지 않게 돌아오느라 생고생하고도 아빠는 자식 사랑을 부풀려 과시했다.

"나는 너희에게 원대한 꿈을 심어주고 싶다. 건우와 지은이는 앞으로 넓고 푸른 하늘을 올려다보며 살아라. 이 아빠가 너희를 꽉꽉 밀어줄게."

건우와 나는 그날 이후 자주 밤하늘을 올려다봤다. 하늘 어디쯤 어린 왕자가 사는 소행성이 있는지, 어디엔가 살고 있을지 모른다는 우주인을 그려보기도 했다. 그날 엄마는 행복하게 웃었고, 건우와 나는 로켓을 타고 우주로 가는 비행사가 되자고 손가락을 걸었다. 아빠만 믿어, 그 한마디가 건우와 나를 꿈꾸게 해주었다. 그러나 건우가 자라면서 아빠의 사랑은 냉혹해졌다. 무능한 자식, 그것밖에 못 하니? 아빠 말속엔 늘 결과를 따지는 매서운 질책이 숨어 있었다. 아빠는 건우가 공부를 더 해서 아빠처럼 학교에 남아주던가 고급 공무원이 되길 원했다. 그러나 건우는 정보통신업계로 방향을 틀었다. 선배들과 동가식서가숙하며 RPG 게임을 개발하더니 기어코 창업을 선언했다. 건우는 게임계에 새바람을 불러일으킬 꿈을 갖고 있었다. 그런 건우에게 아빠의 권유가 통할 리 없었다.

"아빠, 저한텐 모니터 안이 푸른 하늘이에요. 그러니까 지지해줘요. 네?"

둘은 만나기만 하면 다퉜다. 엄마는 아들이 하고 싶은 것 하게 두지 왜 쓸데없이 자기가 원하는 걸 강요하냐고 화를 냈다. 집안은 늘 시끄러운 거리의 교차로와 같았다. 소란과 동요에 휩싸여 고요함을 찾을 수 없었다. 건우는 산티아고 여행을 다녀와 모든 걸 결정짓겠다고 말하고 떠났다. 그 길이 마지막이 될 줄은 아무도 몰랐다.

일주일이 넘었지만, 엄마는 돌아오지 않았다. 나는 정신이 혼미한 상태에서 아무 데나 전화를 걸었다. 내가 알고 있는 엄마 친구들, 친척들, 절집, 그러나 다들 너무도 무심하게 모른다고 말했다. 아니 귀찮다는 듯 전화를 끊었다. 더는 기다릴 수 없어 경찰서에 실종신고를 냈다. 담당 경찰관은 산티아고에 간다는 메모를 남겼으니 가출이 아니고 외출이라며, 며칠 더 기다려 보라는 말만 반복했다. 그의 책상 위에는 해결해야 할 사건들이 산더미처럼 쌓여있었다. 시선도 주지 않고 서류를 들춰보던 경찰이 혹시 가정불화나 부부싸움 아니냐고 물었다. 나는 그제야 엄마가 아빠한테 갔을까? 그런 생각이 들었다. 단 1퍼센트의 가능성도 없어 보이는, 그러나 부부는 뭔가 다른 게 있을지 모른다는 생각이 들었다. 서둘러 회사에 휴가를 내고 수서역에서 부산행 SRT를 탔다. 기차가 대전을 지날 때 아빠에게 전화를 걸었다. 번호 옆에 저장된 사진 속 아빠가 환하게 웃었다. 사진을 보자 아빠가 그리웠다. 처음부터 말해야 했을까? 아이처럼 눈물을 펑펑 쏟으며 말하고 싶기도 했었다.

"아빠 어떡해?"

"우리 지은이 걱정 많았겠다. 이제 아빠가 찾아볼 게 걱정하지 마."

그래, 아빠라면 그렇게 말했을 거야. 신호음이 길게 이어졌다. 아빠 목소릴 기다리는데 이상하게 가슴이 뛰었다. 그런데 잠시 후 들려온 건 낯선 여자의 영혼 없는 목소리였다. 이 전화번호는 바뀐 번호로……

부산역에서 내린 나는 가야 할 곳의 방향을 잃고 멍하니

서 있었다. 사라진 건 건우만이 아니었다. 엄마도 아빠도, 가족 모두가 흩어졌다. 나는 어떡하든 아빠를 만나야 한다는 생각이 들었다. 아빠를 만나 엄마를 찾고 함께 건우를 만나야 한다. 택시를 타고 아빠가 근무하는 학교로 향했다. 내가 알고 있는 곳이 그곳밖에 없다는 게 슬펐다. 숨차게 달려간 내게 조교는 뜻밖의 말을 했다.

"교수님 학교 그만두신 지 6개월도 더 지났습니다. 서울 댁으로 올라가신 줄 알았는데⋯⋯."

조교의 말을 듣고서야 아빠도 힘들었다는 걸 알았다. 위로가 필요한 건 엄마만이 아니었구나. 발길을 돌려 건우 위패를 안치한 기장 용궁사로 갔다. 혹시 엄마가 이곳에 오지 않았을까. 지장전으로 들어서니 사진 속 건우가 나를 반겼다. 나는 사진을 가슴에 안았다. 건우야, 혹시 엄마가 여기 왔었니? 아빠는?

엄마는 작년 가을 건우 짝을 찾아 기어이 영혼결혼식을 올려줬다. 혹여 젊은 영혼이 못다 한 한을 품고 구천을 떠돌면 어떡하냐고, 우리가 알 수 없는 차원 너머까지 걱정하며 서둘러 혼례를 치뤘다. 의식은 경건했다. 법사가 이끄는 순서에 따라 사돈 될 사람을 만나 상견례를 했고 신방도 꾸몄다. 건우 짝으로 선택된 수진도 외국 연수 도중 교통사고로 숨진 대학생이었다. 사진 속 수진은 상큼하고 예뻤다. 엄마는 자신만큼이나 피폐해진 수진 엄마 손을 잡고 식이 진행되는 내내 소리죽여 울었다. 허망한 행위가 부질없다는 걸 알면서도 잠시라도 아픈 사실을 잊고 싶은 것처럼 보였다. 결혼식을 끝내고 두 사람의 위패와 사진이 전각에 나란히 놓였다. 행복하니? 차마 물을 수 없어 나는 지장전을 나와 먼 하늘만 바라봤다. 엄마는 서울로 올라가며 그동안 참아온 설움을 다 토해내듯 심한 토악질을 했다. 그런 엄마에게선 어떤 언어나 표현으로는 채울 수 없는 공허함이 느껴졌다.

나는 엄마 머리칼 하나 찾지 못하고 지장전을 나왔다. 바다와 마주 섰다. 근원을 알 수 없는 곳에서 시작된 바람이 대웅전 처마 끝 풍경을 흔들었다. 뎅그렁, 뎅그렁……어디가 시작이고 어디가 끝인가. 끝 간 데 없이 펼쳐진 푸르고 넓은 바다는 모든 경계를 허물었다. 그러나 나는 알 수 없었다. 어느 게 삶이고 어느 게 죽음인지, 구분되지 않는 아픔 속에서 석상처럼 서 있었다.

"이게 누구신가. 김 보살님 따님?"

소리에 놀라 고개를 돌리니 건우 천도재 의식을 도와준 도운 스님이 나를 발견하고 아는 체를 했다. 얼른 두 손을 모으고 합장의 예를 올렸다.

"어머님은 아직 돌아오지 않으셨나요? 지난번 내려오셨을 때 수일간 산티아고를 다녀오겠다고 하셨는데. 아마도 아드님 생각이 나서 그러나 보다 했습니다만."

나는 주저하다 물었다.

"스님, 엄마가 간다고 한 산티아고는 어디에 있을까요? 여권도 없이 집을 나갔는데."

멀리 서 있는 등대의 유리가 햇빛을 받아 유성처럼 빛났다.

"산티아고가 스페인에만 있겠습니까. 어머니가 산티아고라고 생각하면 거기가 산티아고지요. 그곳은 아마 어머니 마음속에 품은 섬일 겁니다."

"섬요?"

"네, 부처님께서는 윤회의 바다에서 가장 안전한 곳은 자신이라는 섬이라고 하셨지요."

서울로 돌아오는 길, 도로가 어둠에 잠겼다. 길게 뻗은 상행선 경부고속도로가 버스의 라이트 불빛을 따라 이리

저리 흔들렸다. 라디오에서 음악방송 진행자가 연어 이야기를 했다.

"사람도 나이 들면 회귀하는 연어처럼 머리를 고향으로 두고 잠든다고 합니다. 요즘은 어로가 막혀있는 곳이 많은데, 연어는 산란을 위해 목숨 건 질주를 하죠. 연어는 왜 꼭 모천에 알을 낳고자 그 먼 길을 헤엄쳐 가는 걸까요? 연어에게 물어보라고요? 네, 노래 듣겠습니다. 노래는 연어가 아닌 펄펄 뛰는 숭어입니다."

노래 속에서 숭어가 힘차게 물을 차고 뛰어올랐다. 엄마의 섬 산티아고, 버스가 어둠을 뚫고 서울을 향해 조금 더 빨리 달리기 시작했다. 창밖으로 검은 모자를 쓴 밤의 전령들이 그림자처럼 버스를 따라붙었다.

엄마와 마지막 통화를 한 사람은 수지 아줌마였다. 엄마가 스페인에서 돌아왔을 때, 건우를 바다로 보낼 때도 엄마 곁에는 아줌마가 있었다. 같은 날, 한마을에서 태어나 대학을 함께 다니고 힘들 때 위로가 필요할 때 늘 서로의 곁을 지켜준 친구, 엄마 말에 의하면 감추는 것 없이 뭐든

다 보여줄 수 있는 친구가 아줌마라고 했었다. 그런 둘에게 비밀이 있을 수 없었다. 그런데도 아줌마는 계속 모른다고 말했다.

"엄마가 누구에게 속을 보이는 사람이니?"

전화 속에서 아줌마가 한 그 말이 거짓임을 직감했다. 나는 집을 뛰쳐나왔다. 아줌마를 만나 뭘를 감추고 있는지 직접 눈을 보고 싶었다. 소공동을 벗어난 차가 광화문 거리를 달렸다. 자하문 터널을 빠져나가 부암동과 맞닿은 평창동 길을 달릴 때 진 대표에게서 전화가 왔다.

"어머니 아직 안 돌아오셨습니까? 저희는 작업이 다 돼가 이제 촬영에 들어가야 하는데요."

나는 지금 엄마의 제일 친한 친구를 찾아가고 있다고, 그곳에 가면 알 수 있을 것 같다고 말했다. 진 대표는 꼭 그렇게 되길 바란다며 오시면 바로 전화 달라고 했다.

"혹시, D그룹 K 사장에 대해 아세요? 그 전 부인이 지금 찾아가는 엄마의 절친한 친구세요."

진 사장이 얼른 내 말을 잘랐다.

"디딤 수련원 원장 말인가요?"

"수련원요?"

내가 되물었다.

"네. 마음 병을 심하게 앓고 있는 사람들을 데려다 집중적으로 치료 해준다는, 어째 얘기가 그분을 말하는 것 같네요. 그 수련원 저희 협력업체입니다.

"그곳이 어디에 있는지 아세요?"

"문경에 있다고 들었습니다만."

차의 속력을 높였다. 아줌마를 만나야 한다는 생각이 급했다. 역시 알면서도 침묵했구나. 아줌마에게 전화를 걸었다.

"지금 가고 있어요. 주소 다시 알려주세요."

전에 본 아줌마 집은 성북동 산 중턱에 있었다. 대문을 밀고 들어서 돌계단을 스무 개쯤 올라야 현관이 나오는, 푸른 잔디와 잘 손질된 나무들이 아름다운 집이었다. 아줌마가 카톡을 보내왔다. 얼마 전 이사했다고. 먼저 집에서 멀지 않으니 금방 찾을 수 있을 거라고 했다.

내비게이터에 주소를 입력했다. 아줌마 말대로 집은 금방 찾을 수 있었다. 규모를 줄여 이사한 듯 집이 전보다는 작아 보였다. 아줌마 집에 오니 엄마 생각이 더 간절했다. 엄마는 지지리 복도 없는 년이 끝내 자식까지 앞세웠다고 늘 자신을 자책했었다. 아줌마는 이혼은 했지만, 유학 중인 아들이 있다. 그리고 엄마가 단 한 번도 살아보지 못한 그림 같은 집에서 살고 있다. 행복의 기준이 뭘까? 그렇다고 아줌마가 엄마보다 행복할 거라는 생각은 들지 않았다.

내가 막 거실로 들어서는데 문자가 떴다. 진 대표였다. 수련원 이름이 디딤이 맞답니다. 나는 얼른 '디딤'을 검색했다. 사찰과 신도가 함께 운영하는 '수행센터'라고 나와 있었다. 아줌마가 유리문 안에서 어서 들어오라고 손짓했다. 문을 밀고 들어서며 물었다.

"혹시 수련원 디딤을 아세요?

아줌마가 미간을 찡그렸다.

"누가 거기로 가 보라는데요."

"누가?"

"아줌마가 그곳 원장이라면서요. 혹시 엄마 거기 보냈어요?"

아줌마가 고개를 저었다.

"그럼 다녀와서 말씀드릴게요."

내가 돌아서자, 아줌마가 자리에서 일어서더니 나를 막

아섰다.

"같이 가자."

"혼자 갈래요."

아줌마가 나보다 먼저 차에 올랐다. 기사가 서둘러 차를 출발시켰다. 햇빛이 찬란한 창밖을 응시하며 아줌마와 난 침묵했다. 잠을 설친 피로가 온몸을 조여왔다. 네 시간을 그렇게 달렸다. 문경에 도착했을 때는 오후 두 시를 넘어서고 있었다.

아줌마는 신경성 파손으로 여러 번 각막을 이식했다. 아저씨와 이혼하고 난 후 생긴 변고였다. 아저씨는 툭하면 티브이 화면에 얼굴을 내보이는 경제계 거물 M그룹의 후계자였다. 그야말로 금수저 입에 물고 태어나 두려울 게 없는 바람둥이. 예로부터 시앗보는 일에는 돌부처도 돌아앉는다고 했어. 얼마나 속을 태웠으면 저리 됐겠냐고. 엄마는 검증되지 않은 병의 원인을 아저씨 탓으로 돌리며 분노했다. 그 썩을 노무 인간, 계집에 눈멀어 조강지처 버리고 나갔는데 하늘이 그냥 둘 리 없지. 그냥 두면 나라도.

그러나 엄마 바람대로 아저씨가 잘못됐다는 소리는 들리지 않았다. 여전히 그 집안 사업은 잘되고 있고, 아저씨와 재혼한 여자가 아들딸 둘을 낳았다는 소식과 또 다른 여자가 생겼다는 소문도 돌았다. 어째 벼락도 안 내리치나 몰라. 아저씨가 미운 엄마는 입만 열면 하늘을 원망했다. 헤어지는 고통보다 미워하는 사람이 같이 살며 지겹도록 싸우고 헐뜯는 고통도 있다는 것을 엄마가 모를 리 없었다. 아줌마 역시 아침저녁으로 경을 외우고 삼천 배를 하지만 내려놓을 수 없는 증오와 미움이 있었던 것 같았다. 결국 그 미움의 독은 아저씨가 아닌 아줌마 자신을 해쳤다.

수련원은 산세가 높고 험한 분지 안에 있었다. 건물 앞에 세워진 〈디딤 수련원〉이란 간판이 그림처럼 정갈해 보였다. 건물은 웬만한 병원만큼이나 규모가 컸다. 키 큰 소나무가 줄지어 서 있는 문 안으로 여러 채의 전각이 보였다. 정원에는 꽃과 나무들이 어우러져 평화로운 도원을 재현해 놓은 듯 아름답기까지 했다. 아줌마는 성큼성큼 건물 안으로 들어섰다. 접수대에 앉아 있던 직원이 일어나 아줌마에게 반갑게 인사를 하고는 3층으로 안내했다. 책상 위에 〈디딤 수련원장 강수지〉라는 명패가 놓여 있었다. 사방 벽면에 큰 모니터가 설치되어 있었다.

직원이 모니터 스위치를 올리니 수련원 전체 모습이 한눈에 들어왔다. 거대한 시설이었다. 목에 묵언 명패를 걸고 걷는 사람들, 나무 아래 앉아 명상하는 사람들, 지도 법사와 담소를 나누고 있는 사람들, 곳곳에서 일하고 있는 직원들의 움직임까지 모두 한눈에 들어왔다. 수행을 통해 자신의 괴로움을 해결하고 봉사하는 삶을 통해 행복을 찾자는 수련원 취지가 모니터 아래 자막으로 느리게 스쳐 갔다. 그때 한 곳에서는 N 텔레비전에 소개됐던 다큐멘터리가 재방송되고 있었다. 직원이 저건 재방송이 아니라 지금 실제 상황을 보여주는 거라고 했다.

"저분은 지금 영상으로 죽은 남편을 만나고 있습니다."

여자는 머리에 VR 고글을 쓰고 누군가를 포옹하는 자세를 취하며 흐느꼈다. 직원 말로는 여자 눈에만 죽은 남편이 보인다고 했다.

"30분 동안 남편과 만나며 그동안 하고 싶었던 이야기나 생전에 못다 한 이야기들을 나눕니다. 물론 여자가 만

나는 남편은 클론 영상입니다. 남편 사진과 음성으로 만든 가상 속 남편이죠."

진 대표가 제작한 바로 그 다큐멘터리와 같았다.

"만나고 나면 뭐가 달라지던가요?"

나는 그게 궁금했다.

"사람마다 다르죠. 사람의 고통은 하고 싶은 말을 못 하고 가슴에 쌓아 둬서 생기는 울화가 많거든요. 그걸 털어내고 나면 대부분 평정을 찾게 됩니다. 그러나 안 하겠다 거부하는 사람도 있고 한 번만 해보겠다는 사람, 자꾸 더 만나게 해달라고 조르는 사람도 있습니다."

직원은 여길 찾아오는 사람들 대부분은 가족이 갑작스럽게 죽어 마음의 평정을 찾지 못해 고통받는 사람들이라고 했다.

"세월호 사고 때 딸을 잃은 어머니도 있고 이태원 사고 때 아들을 잃은 어머니도 계세요. 죽음은 떠난 당사자보다 남겨진 자들의 고통입니다."

그때 아줌마가 고개를 돌려 나를 봤다. 아줌마 눈에 무어라 형언할 수 없는 슬픔 덩어리가 흥건히 고여 있었다.

"엄마 여기에 있다. 그러나 엄마는 환자가 아니라 환자를 돌보는 봉사자로 와 있어. 그것도 내가 데려온 게 아니라 엄마 스스로 들어왔고."

"그런데 왜?"

"왜 말 안 했냐고? 엄마가 그걸 원했거든."

"엄마도 영상 속 여자처럼 건우를 만나게 해줬어요?"

"아니, 엄마가 거부했어."

"왜요?"

"엄마는 이미 건우를 만났어. 여기엔 상처받고 죽음까지 생각한 건우가 있어. 엄마가 굳이 산티아고까지 가지 않아도 만날 수 있는 아픈 건우지."

나는 아줌마를 따라 건물 밖으로 나왔다. 몇몇 수련생들이 천천히 길을 따라 걷고 있었다. 담장 너머로 그들을 봤다. 모두 초연해 보였다. 그때 청년의 팔을 잡고 걸어가는 나이든 여자의 뒷모습이 보였다. 파마가 풀리고 염색이 바랜 허연 머리, 회색 바지 위에 입은 셔츠와 조끼, 여자 뒷모습이 눈에 익었다. "엄마?" 나는 팔을 뻗어 그를 부르려고 했다. 그때 아줌마가 나를 막아섰다.

"그러지 마라. 이곳에는 이곳만의 규칙이 있어. 저들이 누구든 우리는 저들을 지켜줘야 해. 너도 함부로 저들의 시간 속에 끼어들어선 안 돼."

"저분, 엄마 같아요. 엄마라면 물어봐야겠어요. 여기서 무얼 하고 있냐고. 내가 건우를 만날 방법을 찾아 놨는데 왜 여기서 이러고 있냐고 물어봐야겠다고요."

왈칵 눈물이 쏟아졌다. 엄마를 안고 싶었다. 이제는 건우가 아닌 나도 좀 봐 달라고 매달리고 싶었다.

"이미 맺어진 모자의 인연이 엄마의 고통인데 그 인연이 없는 곳에서 찾는 위로가 무슨 의미가 있겠니? 내버려 둬라. 엄마 스스로 깨닫고 엄마 발로 걸어 나오게."

"그런 말로 현혹해 엄마를 여기 데려왔어요?"

나는 아줌마 앞으로 다가섰다.

"그렇게 말하지 마라. 이곳은 누구를 현혹해 불러들이는 곳이 아니야. 그냥 서로 보듬어 주며 서로의 아픔을 나누는 곳이지."

아줌마 눈이 파르르 떨렸다. 입가에 굳은 결의가 보이는 것 같기도 했다. 아줌마는 위자료로 받은 돈 전부를 들여 이 수련원을 세우고 봉사에도 직접 참여하고 있다고 했다.

"저 청년은 교통사고로 가족 모두를 잃었어. 청년의 생일 파티를 위해 식당으로 가던 중이었대. 음주 운전자가 몰던 승합차가 저 청년 가족이 탄 차를 들이받았다나 봐. 청년은 혼자 살아남은 게 죄스럽다고 몇 번 자살을 기도했어. 근데 네 엄마가 살렸어. 엄마는 기억을 잃은 청년을 건우라고 불러. 저 청년을 살리기 위해 매달 이곳에 나랑 함께 오곤 했었지. 청년의 상태가 더 불안정해지자 아예 이곳으로 들어온 거고.”

“그런데 왜 산티아고에 간다고 쪽지를…….”

“모르겠니? 여기가 엄마의 산티아고야. 죽기 전 건우가 머물렀고 꿈을 찾으며 걷던 산티아고라고.”

나는 담장에 몸을 기대고 멀어져 가는 두 사람을 바라봤다. 그들은 정말 다정한 모자처럼 보였다. 아줌마가 다가와 속삭이듯 말했다.

“엄마는 클론이 아닌 따뜻한 체온이 전해지는 살아있는 아들을 만나길 원했어.”

그렇지만 나는 엄마를 두고 돌아설 수 없었다. 아줌마가 그만 돌아가자고 재촉했지만, 한 발 더 담장 쪽으로 다가섰다. 엄마! 아줌마가 가만히 나를 안았다. 참아온 것들이 강둑이 무너지듯 거세게 쏟아져 내리는 순간, 저만치 소나무 숲길을 걷던 여자가 멈칫하며 뒤를 돌아봤고 나와 눈이 마주쳤다. 멀리서 산비둘기가 울었다. 구구, 구구. 나는 휴대전화를 꺼내 진 대표에게 전화를 걸었다.

4번 타자 김말순

1

　토요일 오후, 시댁에 갈 가방을 챙기던 말순은 계속 시
계를 봤다. 곧 시어머니 전화가 걸려 올 타임이다. 정확히
세 시, 예상대로 휴대전화가 울고 시어머니가 말순을 찾았
다.

　"너희들 언제 오나 혀서?"

　사흘도 더 굶으셨나? 시어머니 목소리가 다시 목 속으
로 기어들어 갈 것 같다.

　"어머니, 내일 아침 일찍 갈게요. 혹시 뭐 드시고 싶은
것 있으세요?"

시어머니는 마지못해, 그것도 네가 물으니 어쩔 수 없이 말한다는 듯이 호흡 조절까지 해가며 느릿느릿 대답했다.

"에고…… 늙어서 그런지 먹고 싶은 것도 없고…… 누구 말로는 민물장어를 먹으면 입맛이 돌아온다고 허드라만."

말순이 시어머니 며느리로 산 세월이 20년이다. 넘어다 보면 절터라고, 지금 시어머니가 무슨 생각을 하고 있는지, 이럴 때는 어떤 대답을 해야 하는지 알고도 남았다.

"내일 민물장어 사 갈게요."

역시 시어머니 목소리에 금방 생기가 돌았다.

"이, 그럴래? 이왕 사 오려면 셋째와 넷째네도 같이 와서 먹을 수 있게 넉넉히 좀 사 오나라."

시어머니는 본인 할 말만 다 하고는 볼일 다 봤다는 듯 전화를 뚝 끊었다. 말순은 살가운 며느리인 양 애교 있게 말해 놓고는 머릿속이 하얘졌다. 가져가면 금방 불에 구워 호호 입 불어가면서 네 집 식구가 푸짐하게 먹을 수 있는 장어를 찾아야 한다. 백화점에 가면 당장 살 수 있겠지만 한두 마리 살 것도 아니고, 가능하면 싸게 파는 도매집을 찾아야 하는데 아무리 기억의 바퀴를 돌려봐도 갑자기 생각나는 장어집이 없었다. 만약 노량진 수산시장에 가서 살아 꿈틀대는 장어를 사 들고 가면, 시어머니 모시고 사는 큰동서가 일만 키운다고 장어 손질이 다 끝날 때까지 자신을 볶아 댈 게 뻔했다.

"동서는 기껏해야 어머니 생신과 아버님 제사, 두 번의 명절에나 얼굴 비치는 사람이 미운 짓만 골라서 하더라."

사람은 좋지만 까칠한 큰 동서는 시어머니 모시고 사는 유세를 눈에 띄게 해댔다. 그러니 어떡하든 맛있게 손질된 장어 파는 곳을 찾아야 했다. 여기저기 주소록을 뒤지다 전에 친구 영자한테 장어집 이야길 들은 게 생각났다. 영자 말로는 분당 초입에 있다는 그 장어집은 양념 된 장어를 그것도 도매가격으로 판다고 했었다. 백화점에서 사면 못 줘도 1킬로그램에 5만 원 넘게 줘야 할 텐데 거기는 4만 원이면 충분히 살 수 있다고 했으니, 시간이 지나 값이 올랐다고 해도 백화점보다는 쌀 것 아닌가. 가격보다도 맛이 좋아 사람들이 많이 찾는다는 말에 구미가 당겨 전화번호를 어딘 가에 적어 뒀었다. 온 집안을 다 뒤진 다음 어이없게도 말순은 번호를 휴대전화 주소창에서 찾았다. 1년도 훨씬 지났는데 지금도 장사하고 있을지 확신은 없었지만,

일단 전화를 걸어보기로 했다.

"네, 분당 풍천장어집입니다."

전화를 받는 여자 목소리가 살아 펄펄 뛰는 장어만큼이나 우렁찼다. 2년 넘게 그 자리에서 아직도 성업 중이라고 말하는 주인 여자는 매끈한 장어 허리만큼이나 말솜씨가 날렵했다. 토요일은 네 시면 문을 닫으니 오려면 빨리 와야 한다고, 물량도 얼마 남지 않았다고 당당하게 말하는 거로 봐서는 장사 잘된다는 말이 거짓은 아닌 모양이었다. 말순이 압구정동에서 출발한다고 했더니 여자는 대뜸 몇 킬로나 살 거냐고 물었다.

"어른 열 명 정도가 먹어야 하는데 얼마나 사야 할까요?"

여자가 중얼중얼 계산하는 소리가 들렸다.

"먹기 나름이겠지만, 어른 열 명이 먹을 거면 10킬로는 사야겠네요."

"1킬로에 얼마예요?"

"도매집은 가격이 다 똑같아요. 4만 원 받아요. 그런데 많이 사고 오늘 장사 마지막 손님이니 덤을 좀 줄게요. 와서 보면 알겠지만, 우리 집 장어는 살집도 좋고 맛도 일품이에요. 우린 풍천장어만 쓰거든요."

성대에 장어 기름이라도 바른 듯 여자 목소리에 갈수록 사근사근 윤기가 돌았다.

"꼭 올 거면 미리 계산부터 해주세요. 그러면 맞춰서 준비해 놓을게요."

여자는 채소와 양념도 넉넉히 포장할 테니 걱정하지 말라고 했다. 말순은 아이들이 먹을 양도 있긴 하지만 10킬로그램 값 40만 원을 송금했다. 장어 사는 일은 생각보다 쉽게 해결이 됐다. 빨리 가서 가져오기만 하면 됐다. 그런데 토요일이다. 길이 괜찮을까? 말순은 또 시계를 봤다.

2

거실로 나오니 지난주 있었던 엘지 트윈스와 한화의 맞대결 야구 경기 재방송을 보고 있던 남편이 흘기듯 말순을 쳐다봤다.

216

"우리 분당 갔다 와야 해요."

"분당은 왜?"

"어머니가 장어 드시고 싶으시대요. 작년에는 절기에 맞지 않게 대하를 찾더니 올해는 또 장어가 드시고 싶다네요."

"근데 왜 분당까지 가? 서울은 장어 파는 데가 없나?"

"싸게 파는 데로 가야 하니까 그런 거지, 백화점서 장어를 안 팔겠어요. 당신네 식구 몇 명이 먹어야 할지 몰라서 그런 소릴 해요?"

"혼자 갔다 와. 나는 야구 봐야 해. 오늘은 한화가 꼭 이겨야 하는데 저 병신들이 벌써 사람 속 터지게 하고 있잖아."

서두르지 않으면 아이들 늦은 저녁을 먹이게 생겼는데 야구 타령만 하는 남편을 말순은 발로 뻥 차고 싶었다. 그래도 살살 달래서 운전시켜야 하니 참을 수밖에 없었다.

"야구 중계는 가면서 라디오로 들어요. 그 가게가 지하철역하고는 너무 멀고, 당신 이렇게 집에 있는데 내가 무거운 짐 들고 고생해야겠어요?"

남편은 아이들까지 옆 동에 사는 시누이 집으로 보내고 골프와 바둑 프로를 보다 다섯 시부터 시작하는 프로야구 중계를 봐야 한다고 리모컨을 혼자 독점하고 있었다. 자세가 불편해지면 뒤로 벌러덩 넘어져 뒹굴고, 앞으로 엎어져 턱을 괴기도 하면서, 암튼 세상에서 제일 편한 자세를 번갈아 취해가며 벌써 두 시간째 티브이에 푹 빠져 있었다. 커피를 석 잔째 마셨고, 아몬드와 땅콩, 귤 두 봉지도 벌써 동이 났다. 말순이 숨넘어가는 소릴 해도 일어날 생각을 안 하는 남편과 30분 넘게 더 실랑이하다 겨우 집을 나섰다.

남편은 운전석에 앉자마자 라디오 채널을 야구 중계로 돌렸다. 야구는 아직 시작 전인데도 남편은 야구에 온 신경이 다 가 있었다. 현재 프로야구 순위는 기아가 9위, 한화가 10위다. 한화가 7연승을 해도 1위인 삼성은 남은 게임에서 5할의 승률만 기록하면 4강에 진출할 수 있었다. 그런 삼성과 한화가 붙었으니 한화 팬인 남편 신경이 곤두설 만도 했다.

"야, 시현아 너만 믿는다. 홈런 좀 시원하게 날려 줘라."

남편은 노시현 선수에게 사정까지 했다. 말순은 운전하는 사람 정신이 온통 야구에 가 있어 불안했다. 접촉 사고라도 나면 장어 좀 싸게 먹으려다 더 비싼 장어 먹을 수도 있었다.

"주소 치고 가야죠."

"당신이 쳐. 나 운전하잖아."

말순이 주소를 쳤지만 뭐가 잘못된 건지 자꾸 다른 도로 영상이 떴다.

"얘가 왜 이래. 내비게이터도 급이 있나? 내가 길 알 것 같으니까 그냥 쭉 가요."

"제대로 알아보고 가자고 할 일이지, 야구 보는 사람 끌고 나와서 이게 뭐야. 길에서 시간 다 보내겠잖아."

남편은 계속 짜증을 부렸다.

"야구 한번 안 본다고 하늘이 무너져요. 맨날 똑같은 선수들이 똑같은 공 가지고 네가 더 잘 쳐, 내가 더 잘 쳐, 애들 장난 같은 놀이가 뭐가 재미있다고."

남편이 말순을 눈이 찢어져라 쨔려봤다.

"야구가 뭔지도 모르는 주제에 야구를 비하해?"

"내가 야구를 왜 몰라요? 홈런, 안타, 도루만 알면 야구 다 아는 거지. 내가 야구했으면 분명 4번 타자로 홈런을 수도 없이 날렸을 텐데. 그리고 당신은 뭐든 다 잘 알아요? 지난번에 법성포가 회 먹는 포구라고 빡빡 우기고 갔다가

체면만 구기고 온 사람이 누구였더라?"

"이 노무 여편네가……."

남편의 두 눈이 확 뒤집히는 줄 알았다. 입조심하지 않으면 장어는 고사하고 집에도 못 갈 것 같아 가만히 있어야지 하면서도 말순도 남편 얼굴만 보면 입이 근질거려 가만히 있지를 못했다.

지난봄, 시누네 식구들과 선운사로 벚꽃 놀이를 가기로 하고 집을 나섰었다. 세 시간을 작정하고 집을 나섰는데 생각보다 길이 막혔다. 중간에 초등학생 조카 둘이 배가 고프다며 고창쯤에서부터 점심을 먹자고 졸랐다. 마침 길옆에 풍천장어를 맛있게 한다는 집이 연이어 나타났다.

"삼촌 저기서 장어 먹고 가요. 장어 먹고 싶어요."

"안 돼. 장어는 풍천서 먹어야지. 여기는 고창이잖아."

말순은 뜨악한 표정으로 남편을 봤다. 조크겠지? 명색이 중학교 수학 선생님이 풍천을 모를 리 없을 텐데, 부득부득 우기는 바람에 장어는 못 먹고 조금 더 내려가 산나물비빔밥을 먹었다. 비빔밥이 입에 맞을 리 없는 초등학교 6학년 조카는 입을 댓 발 내밀고 툴툴댔다.

"삼촌 되게 무식해."

수저를 놓고 밖으로 나간 조카가 제 엄마에게, 풍천은 지명이 아니라 민물과 바닷물이 만나는 지점을 말하는 거며, 그 지점에서 잡히는 장어가 가장 맛이 좋다고 두런대는 소릴 들은 모양이었다. 남편은 "야 인마. 그건 조크야" 라고 말하고 싶었겠지만, 내색하지 못하고 미안한 마음이 들었는지 저녁은 회를 사주겠다고 했다.

선운사는 골이 깊어 서울은 이미 만개한 벚꽃이 아직도 개화 전이었다. 선운사 경내를 돌고 동백숲을 본 다음 불상을 모신 대웅전을 참배했다. 대학에서 불교미술을 강의하고 있는 시누이 남편의 법당 탱화에 대한 설명이 길었다. 조카들은 피곤했던지, 차에 타자마자 잠이 들었다. 그런데 회를 사주겠다고 한 남편이 법성포로 차를 몰았다.

"형님, 법성포는 회 파는 포구가 아니라 염장한 조기 파는 곳입니다. 대천이나 서산으로 가시죠."

"포구는 다 똑같지 무슨."

남편은 매제의 말을 듣지 않고 법성포로 달렸다. 어둑어둑해져서야 도착한 법성포구에는 비릿한 조기 냄새가 진동했다. 잠에서 깨 배고프다는 조카들을 데리고 물어물어 찾아간 식당에서 회가 아닌 굴비 정식으로 먹은 저녁 식사는 썩 기분 좋은 식사가 아니었다. 피로에 지친 시누이네가 숙소를 정하고 하루 쉬어가자고 했지만, 남편은 무안함을 견디지 못하겠는지 서울로 가겠다고 고집을 부렸다. 결국 시누이네는 그곳에서 묵고 말순네만 서울로 돌아왔다. 오는 내내 말순은 숨도 제대로 쉴 수가 없었다. 실수는 자기가 저질러 놓고 잔뜩 화가 난 남편의 옆얼굴을 흘끔거리며 혹시라도 남편이 졸지 않을까, 마음을 졸여야 했다. 말순은 창문을 열어놓고 잘 부르지도 못하는 노래를 쉬지 않고 불렀다. 서울까지 오는 동안 〈동백 아가씨〉부터 시작해 〈만남〉, 〈돌아와요 부산항〉, 나중에는 〈애국가〉를, 기억엔 4절까지 불렀던 것 같다.

"피곤할 텐데 휴게소에서 커피 한잔하고 좀 쉬어가죠?"

남편은 말순의 말에 대꾸도 하지 않고 서울까지 내내 달렸다. 다시는 이 차 타나 봐라, 마음속으로 그런 다짐을 하고 또 했었다. 사실은 그보다 더한 욕도 수도 없이 했었다.

3

내비게이션 안내대로 오다 보니 엉뚱하게도 분당이 아닌 수서가 나왔다.

"이게 어떻게 된 거야? 잘 됐어. 가락시장에서 사 가자고. 비싸면 얼마나 더 비싸겠어. 내가 돈 줄게."

"안 돼요. 다시 차 돌려서 구룡터널 쪽으로 가요."

"왜 안돼?"

"이미 대금을 입금했어요. 거금 40만 원을 송금했구먼."

말순은 얼른 화제를 돌렸다.

"아니 노인네는 왜 장어는 먹고 싶다고 해서 아들 고생을 이렇게 시킨대."

그러나 남부 순환도로는 이미 차가 움직이지 못할 정도로 정체가 심했다. 나무늘보가 나뭇등걸 위를 기어가듯 느리게 구룡터널로 들어섰다. 터널 안은 정체가 더 심했다. 토요일 오후다 보니 서울을 빠져나가는 차들이 고속도로를 피해 다 이쪽 도로를 택한 모양이었다.

다섯 시부터 경기가 시작됐다. 한화는 초반부터 경기가 부진했다. 남편이 계속 듣기 거북한 욕을 했다. 말로는 한화 선수들을 향해 욕을 퍼붓는 거지만, 사실 그 욕은 옆자리에 앉아 있는 말순이 다 받아먹어야 했다.

"느덜 하는 짓들이 맨날 그 모양이지. 나가 죽어라. 오죽하면 맨날 꼴등이냐."

말순은 머리가 지끈거렸다. 마음 같아선 운전대를 빼앗아 내가 하겠다고 남편을 차 밖으로 밀어내고 싶었지만, 그럴 형편도 못 되고 눈치만 보자니 숨이 턱턱 막혔다. 생각해 보면 남편이 운전하는 차를 타고 집을 나서 즐거웠던 적이 없었다. 아이들을 뒤에 태우고 나들이 나가도 집에 돌아올 때는 온 식구가 입이 퉁퉁 부어 돌아오곤 했다. 남편은 혼자만 교통 법규를 잘 지키고 운전도 잘하는 것처럼 앞사람 옆 사람 운전에 불만이 많았다. 말순과 아이들은 늘 좌불안석이었다. 빨리 운전 배워서 내가 하고 다녀야지 하고 면허를 땄지만, 겁이 많아 고속도로 운전을 못 하니 안 딴 것만도 못했다.

말순은 지난번 초등학교 동창 모임에 나온 영자를 보고 더 속이 상했다.

"나는 남편이 운전하는 차가 제일 편하더라. 우리 남편은 의자 등받이를 뒤로 젖혀주고 꼭 누워서 가게 해줘."

팔자 좋은 년은 따로 있었다. 시집갈 때는 무식한 기름쟁이에게 시집간다고 울고불고하더니, 이제는 남편이 제법 규모 큰 정비업체 사장이 됐다고 동창 모임에 기사 딸린 차를 몰고 나왔다. 여자 팔자는 뒤웅박 팔자라고 하더니 그 말이 꼭 맞았다. 그래도 그렇지, 지가 언제부터 종 부리고 살았다고 동창 모임에 기사까지 달고 나와 사람 기죽이는 거야. 말순이 한숨을 내쉬며 푸푸 거리자, 함께 버스를 탄 미숙이 한술 더 떴다.

"우리 남편은 내가 졸면 이마에 꿀밤도 준다. 졸지 말고 당신 잘하는 재미있는 이야기나 해보라며."

먼 길 가며 심심치 않게 아내와 수다라도 떨며 가자고 이마에 살짝 꿀밤이라도 주는 남편, 그 말도 분명 자랑이었다. 말순이 속으로 옛날 생각을 하고 있는데 장어집 여자한테서 전화가 왔다. 어디쯤 오냐고, 문 닫을 시간이 벌써 지났다고, 오기는 정말 오는 거냐고 물었다.

"아직도 터널 안이에요."

"거의 다 왔네요. 터널을 빠져나와 2킬로쯤 오다 보면 사거리가 나오고 오른쪽으론 SK 주유소가 보일 거예요. 주유소 쪽으로 직진하지 마시고 산 쪽으로 좌회전하세요. 한

500미터쯤 더 오면 오른쪽으로 〈분당 풍천장어〉 간판이
보일 겁니다. 조금만 더 고생하세요."

주인 여자 말대로라면 멀지도 않은 길이 정체 때문에 늦
어지고 있는 거였다.

4

야구가 또 말썽을 부렸다.

"삼진 아웃입니다. 안타깝습니다."

한화가 또 득점 없이 5회 말이 끝나고 말았다. 남편 얼
굴이 화를 참지 못해 붉으락푸르락했다.

"멍청이들, 선수 교체했다더니 저런 것들을 그 비싼 돈
주고 데려온 거야. 감독부터 바꿔야 한다니까."

남편이 화를 참지 못해 옆 차선으로 머리를 들이밀었다.
옆 차선 차가 빵빵 클랙슨을 울렸다. 소리가 요란했다. 알
았다 이 새끼야. 남편 입이 또 험악해졌다. 그러다 부딪치
기라도 할까봐 말순은 겁이 났다.

"터널 안에서 왜 차선을 바꾸고 그래요. 천천히 앞차만

따라가야지."

"뭐? 그러면 네가 해봐. 저 새끼가 양보도 안 해주고 운전을 개떡같이 하잖아."

"당신이 더 개떡같이 하고 있거든요, 내가 보기엔."

겨우겨우 터널을 빠져나왔다. 고작 터널 하나 빠져나오는 데 30분도 더 걸렸다. 터널만 빠져나와 왼쪽으로 꺾어지면 바로라고 했으니 다 왔다고 생각하고 한숨 돌리는데 남편이 오른쪽 갓길에다 차를 세웠다.

"왜요? 왜 여기서 서는데?"

"내려. 나는 안 갈 테니까 장어를 사든지 고래를 사든지 네 맘대로 해. 뭐 운전을 개떡같이 해? 여편네가 하늘 같은 남편한테 하는 말이……."

남편은 버럭 화를 내고는 말순을 기어이 차 밖으로 밀어냈다. 그리곤 뒤도 돌아보지 않고 가 버렸다. 말순은 멍하니 서서 달려가는 차를 바라봤다. 요리조리 차선을 바꾸느라 뒤꽁무니 후미등이 깜박거렸다.

"썩을 노무 인간, 가다가 꽝 부딪혀 버려라. 뒈져버려라."

말순은 욕이 막 쏟아졌다. 시어머니 생신이고 뭐고 그냥 돌아가고 싶었다. 저런 인간 낳아 준 시어머니 생일상

을 차리고 싶지 않았다. 화살이 애먼 시어머니에게로 날아
갔다. 터덜터덜 20분쯤 걸었다. 장어집은 아직 보이지도
않는데 갑자기 비가 쏟아졌다. 우산이 없어 비를 다 맞았
다. 해도 해도 끝날 것 같지 않은 욕과 화가 부글부글 끓었
다. 가다 굴러버려라. 쏟아지는 비보다 거친 욕이 더 사납
게 쏟아졌다.

　문이 닫힌 장어집은 어두웠다. 〈분당 풍천장어집〉이라
는 간판만 현란하게 켜졌다 꺼지기를 반복하며 번쩍거렸
다. 문 앞에 내놓은 하얀 아이스박스 두 개가 희미하게 보
였다. 비에 흠뻑 젖은 상자를 바라보며 말순은 길게 한숨
을 내쉬었다. 양손에 들고 걷기엔 무게감이 있는 상자를
버리고 싶었다. 택시를 잡아야 하는데 외진 그곳까지 들어
오는 택시가 없었다. 말순은 두 손에 상자를 들고 비틀비
틀 걸었다. 그때 주인 여자에게서 전화가 왔다. 기다리다
약속이 있어 올 수밖에 없었다고, 미안하다고 했다.
　"가게 앞으로 택시나 좀 보내줘요."
　"차로 온다고 하셨잖아요? 아까 전화 받을 때는 분명 남

편이 옆에 있는 것 같았는데?"

말순은 주인 여자의 친절하고 말 많은 것까지 화가 났다. 20분도 더 기다려 도착한 택시를 젖은 몸으로 타려니 미안했지만 어쩔 수 없었다.

"왜 이렇게 젖으셨어요?"

"우산 없이 나왔더니 갑자기 비가 와서……."

그때 젖은 손에 들린 휴대전화가 울렸다. 번호를 보니 시어머니 전화였다. 장어를 샀는지 궁금해서 전화를 건 모양이었다. 말순은 받지 않았다. 휴대전화가 계속 울렸다. 기사가 왜 받지 않냐고 쳐다봤지만, 말순은 아예 휴대전화를 꺼버렸다. 기사가 허허롭게 웃으며 말했다.

"그 집 장어가 참 맛이 좋아요. 양념 맛이겠지만. 저도 가끔 사 들고 가서 아이들과 구워 먹곤 해요. 값도 싸니까."

"저는 장어 안 먹어요. 비 노래나 한 곡 틀어주세요."

말순은 노래로 기사의 입을 닫고 싶었다.

"그러죠. 그런데 이런 날은 비보다는 이 노래가 어떨까요?"

기사는 지금 말순의 몰골에 맞는다고 생각했는지 비틀스의 렛 잇 비를 틀었다.

내가 힘들 때 어머니는 내게 다가와 지혜의 말씀을 해 주셨어요.

순리에 맡겨라.

내가 어둠 속에서 헤매는 동안에도 어머니는 바로 내 앞에서 지혜의 말을 속삭였어요.

흘러가는 대로 두어라.

렛 잇 비, 렛 잇 비……

말순이 결혼하겠다고 남편을 데리고 처음 집에 갔을 때, 어머니가 했던 말이 생각났다.

"어쩨 사람 인상이 너무 차가워 보인다. 사람이 정이 없어 보여. 너 마음고생시킬 사람처럼 보여서 선뜻 대답하기가 그렇구나. 좀 더 사귀어 보고 정하자."

어머니는 그날 아버지 이야기를 했었다. 살아보니 돈보다는 제 식구 귀하게 생각할 줄 아는 마음이 제일 소중하더라고. 이야기 들어주고, 손잡아 주고, 반찬 한 가지라도 앞으로 밀어주는 그 작은 것들이 마음 없으면 할 수 없는 거니까, 너는 아버지 같은 남자 말고 마음 따뜻한 남자 만나 외롭지 않게 살았으면 좋겠다고. 남편에게 단 한 번도 느껴보지 못한 그 작은 일들이 어머니의 기우가 아니었다.

"혹시 무슨 일 있으세요?"

백미러로 슬금슬금 말순을 훔쳐보던 기사가 물었다. 그러나 말순은 아무 말도 할 수가 없었다.

5

야구는 아직도 플레이 중이었다. 말순은 들고 온 상자를 식탁에 올리고 상자 뚜껑을 열었다. 봉지에 두 마리씩 담은 장어가 붉은 양념을 뒤집어쓰고 누워 있었다. 젖은 머리에서 뚝뚝 상자 안으로 물이 떨어졌다. 남편은 거친 숨을 몰아쉬며 거실을 서성이면서도 말순을 모른 체 했다. 말순도 장어를 꺼내 통에 담으며 거실에 사람이 없는 것처럼 눈길도 주지 않았다. 9회 말 타석에 선 한화 타자와 중앙에 서 있는 삼성 투수의 신경전이 언뜻 보였다. 말순은 이를 악물고 끓어오르는 화를 꾹꾹 눌러 참았다.

"4번 타자 노시환 선수가 홈런을 치면 3점이 나니 동점이 될 수도 있겠는데요. 어쩌면 재미있는 상황이 벌어질 수도 있겠습니다."

아나운서가 격앙된 멘트를 날렸다. 관중들이 우우하고 소릴 질렀다. 누군가는 노시환 선수 이름을 외치기도 했다. 남편도 따라서 외쳤다.

제발, 제발 시환아……. 순간 말순의 분노가 수위를 넘어서 뚜껑이 열렸다.

"나쁜 새끼. 네 눈에는 노시환만 보이니?"

말순은 손에 들고 있던 장어 봉지를 남편을 향해 힘껏 던졌다. "옛다, 내가 4번 타자 김말순이다." 붉은 양념을 뒤집어 쓴 장어가 남편에게로 훨훨 날아갔다. 때맞춰 군중들이 환호하는 소리가 고막을 찢을 듯 울렸다.

"와아아, 4번 타자의 홈런입니다. 공이 날개가 달린 듯 하늘을 날아가네요."

말순은 환호 소리에 맞추기라도 하듯 또 한 뭉치의 장어를 힘껏 던졌다. 그리고 외쳤다. 또 홈런이다. 말순은 눈을 뜨지 못하고 허우적거리는 남편을 밀치고 천천히 욕실로 들어섰다. 붉은 장어가 남편의 머리에서 얼굴로 스물스물 흘러내렸다. 양념 냄새가 역하게 풍겼다. 샤워기를 틀자,

더운 물줄기가 폭우처럼 쏟아졌다. 말순의 감은 눈 속으로
붉은 후미등을 깜박이며 멀어져가던 남편 차의 번호판이
보였다.

능을 박차고

매일 한 시간씩 뛰던 아침 운동을 30분으로 접고 들어오며, 희수는 이마의 땀을 훔쳤다. 갈증을 식혀줄 시원한 맥주 생각이 났지만, 점심 약속을 생각하며 샤워실로 들어섰다. 땀에 전 셔츠와 바지, 속옷을 벗어 바구니에 담고 욕조에 입욕제를 풀었다. 하얀 거품이 구름처럼 피어올랐다. 구름 속에 몸을 담그듯, 천천히 발끝부터 거품 속으로 미끄러졌다. 따뜻하고 매끄러운 거품이 몸 구석구석을 핥는 느낌이 좋았다. 희수는 눈을 감았다. 문득, 숨을 쉬지 않고 물에 잠기면 어떤 일이 일어날까? 궁금했다. 한번 3분만 참아 볼까? 그러나 잠수 후 1분도 지나지 않아 세상을 무너뜨릴 것 같은 천둥소리가 고막을 찢었다. 숨을 참는 고통은 가슴보다 머리로 먼저 왔다. 쾅, 쾅…… 무언가 터져 나가는 굉음이 두개골을 쪼갤 것 같았다. 희수는 꿀꺽꿀꺽 비눗물을 들이키면서도 머리를 들지 않았다. 이대로 끝내 버릴까. 이 지겨운 삶을. 그때 멀리서 누군가가 희수를 불렀다. 희수야……. 엄마였다. 엄마 목소리는 아지랑이처럼 나른했다. 조금만 더, 조금만 더…… 그러나 더는 숨을 참지 못하고 벌떡 고개를 들었다. 캑캑, 밭은기침이 쏟아졌다. 희수는 연신 기침을 토했다. 열린 창문 틈으로 서늘한 바람이 들어와 얼굴을 핥았다. 희수는 다시 물속에 몸을 담갔다. 천장에서 떨어지는 물방울이 눈두덩과 입술을, 뛰는 가슴을 적셨다. 희수는 천천히 얼굴에 묻은 거품을 닦아 냈다.

*

냉장고 옆에 걸린 코르크판에는 날짜만 잘라낸 달력 한 장이 붙어 있다. 남편 식단과 병원 가는 날, 물리치료를 받는 날까지 꼼꼼하게 표시된 달력 옆에는 간병인일지도 걸려 있었다. 희수는 수건으로 젖은 머리를 털며 달력을 들여다봤다.

6월 2일, 하마 년들과의 점심. 중식당 피닉스 2시

붉은 펜으로 그린 두 개의 별이 초겨울 샛별처럼 선명하게 빛났다. 남편 생일 이후로 한 번도 얼굴 디밀지 않는 두 딸과의 점심 약속이다. 희수가 예약하고 곧바로 띄운 문자에 둘째가 답신을 보내왔다.

"갑작스럽긴 하지만 뭐, 나가죠."

하마다웠다. 그동안 난 이 년들하고 뭐 하고 산 거야? 오늘은 기어코 이년들 버르장머릴 고쳐놓겠어. 희수는 아프게 입술을 깨물었다. 제대로 된 영화 한 편 만들지 못하면서 투자니, 후원이니, 갖은 구실을 다 대며 돈 뜯어 가기 바쁜 작은 딸년이나, 아들 학비를 빌미로 툭하면 손 내미는 큰딸년이나 도둑년이긴 마찬가지였다. 만약 희수가 사라지면 둘 중 어느 딸도 남편을 돌봐주지 않을 것이다. 자식이 보험이라고? 어떤 바보가 그런 말을 했을까? 아버지, 절대 재혼만은 안 돼요. 그렇게 기를 쓰고 희수와 남편의 재혼을 반대한 이유가 뭐였겠는가. 돈, 딸들은 아버지의 행

238

복보다는 늘 저희에게 필요한 돈이 먼저였다. 그러더니 며칠 전 부동산업자를 집으로 보냈다.

"집 내놓으셨다고 해서 보러 왔습니다."

희수는 부동산업자에게 소금 바가지와 욕을 듬뿍 퍼붓고 다시는 오지 말라고 혼을 빼서 돌려보냈다. 이번 프로젝트만 터지면 투자한 것 몇 배로 돌려줄게요. 몇 푼 되지도 않는 돈으로 생색 좀 내지 말아요. 손아래 동생 타이르듯 뻔뻔하게 말하더니 병든 아버지가 사는 집까지 팔자고 덤빌 줄은 몰랐다. 말이 좋아 투자지 딸의 손 벌림은 늘 강탈이나 다름없었다. 이젠 투자든 적선이든 더는 돈 대줄 생각이 없었다. 희수는 그 뜻을 오늘 확고히 밝힐 생각으로 점심 약속을 잡았다.

전복죽을 불 위에 올렸다. 간병인이 올 시각이다. 희수는 아무리 바빠도 남편이 하루 먹을 음식과 간식 준비는 꼭 자기 손으로 준비한다. 그 일이 끝나면 남편의 하루 일정을 메모지에 적어 코르크판에 붙여놓는다. 벌써 5년 넘게 해온 일이다. 그러면 출근한 간병인이 그 일정에 따라 남편을 돌본다. 간병인 일을 한 지 10년도 넘은 베테랑이다. 약정한 보수에다 시내에서 오는 거리를 생각해 조금 더 수고비를 지급한다. 그녀도 만족하는 눈치다.

"제발 간병인 좀 써, 그러다 네가 먼저 죽겠다."

친구 후자와 엄마 성화에 못 이기는 척 그를 들인 지 석 달이 됐다. 그가 오고 나니 숨통이 좀 트인다. 이제는 아침에 일어나면 호숫가를 달리기도 하고, 뒷산 중턱 약수터까지도 올라가 간단한 운동을 하기도 한다. 그곳에서 부근에 사는 두 팀의 부부와 안면도 텄다. 집이 워낙 외진 곳에 있어 그동안 사람이 그리웠다. 어떤 때는 무섭기도 했다. 앞으론 그들을 초대해 차도 마시고 가끔은 식사도 할 생각이다. 남편에게도 세상 이야기를 들려줄 이웃이 필요할 것 같아서다.

희수도 한동안 정신과 치료를 받았었다. 의사는 감정을 조절하는 신경전달물질의 불균형으로 생긴 우울증이라고 했다. 자신과 세상에 대한 부정적인 생각, 미래에 대한 절망감 등이 우울 증상을 일으킨다고 했다. 세상과의 단절, 그건 무서운 자기 학대였다. 남편을 간호해야 하는 특수 상황에서 전처 소생 딸들과의 다툼은 희수를 서서히 병들

게 했다.

"본인 보살핌에도 신경 좀 쓰십시오. 달리기나 요가, 등산, 수영 같은 운동을 하는 것도 좋고, 요즘은 노래교실도 많잖아요. 문화센터 같은 데 가서 노래도 부르고, 많이 웃으세요. 엔도르핀이 팍팍 생겨나게."

그 말을 하며 허허 웃은 사람은 희수가 아니라 의사였다. 의사 권유대로 외출과 운동을 시작하고부터 우울증은 많이 호전됐다. 복용하던 약도 끊었고, 그런대로 잠도 잔다. 환자를 위해 약을 팔던 자신이 이제는 의사의 보살핌을 받아야 하는 지경까지 왔다는 허탈감이 들긴 하지만, 몸이 건강해지고부터 어떡하든지 남편을 일으켜 세우겠다는 의지도 강해졌다.

남편은 충분히 일어설 수 있는 사람이다. 그렇게 믿고 싶었다. 가끔은 지옥 끝까지 떨어지는 심정으로 남편을 바라볼 때도 있지만 포기할 수는 없었다. 남편이 고통을 이기지 못해 알아들을 수 없는 괴성을 질러 대거나, 약 부작용 등으로 괴로워할 때는 같이 조용히 생을 마감하고 싶은 생각이 들기도 했다. 어느 때는 모두 팽개치고 훌쩍 떠날까 생각한 적도 있었고, 요양병원으로 보내버릴까, 그런 생각인들 왜 안 했겠는가. 그렇지만 처음 남편을 만났을 때의 떨림을 생각하면 절대 그럴 수 없었다.

희수는 자주 남편 눈을 본다. 허옇게 풀어진 두 눈 가득히 고인 두려움과 외로움이 자신을 버리지 말아 달라는 애원처럼 느껴졌다. 열리지 않는 입을 쥐어뜯고라도 뭔가 말을 전하고 싶어 애쓰는 모습을 차마 외면할 수 없었다. 건강할 때나 병들 때나 늘 함께하겠다던 약속, 그건 진심이었다. 그걸 생각하면 남편 입에 들어가는 것을 남의 손에 맡길 수 없었다. 물 한 컵도 자신이 준비해 둔 것 말고는 안된다고 간병인에게 경고까지 했다. 뇌졸중 치료에 대한 신약이나, 음식 처방, 물리 치료법 등에 대한 정보도 친구들한테서 발 빠르게 받아왔다.

"사모님, 어제 운동 나갔을 때 변호사님 휠체어 손잡이 잡고 잠깐 일어섰어요. 아주 잠깐이지만."

"네?"

그 말을 듣는 순간 희수는 자신도 모르게 간병인 손을 부여잡았다. 희망이 있구나, 소리치고 싶었다.

*

문제는 딸들에게 있었다. 희수가 딸들과 만나기로 중식당 피닉스를 정한 것도 이유가 있었다. 피닉스는 희수가 두 딸을 처음 만났던 곳이다. 그때 큰딸 나이가 서른, 둘째가 스물여덟이었다. 이제 그 딸들도 마흔에 가까운 중년이 됐다. 그런데도 딸들은 여전히 희수를 처음 만났을 때처럼 새엄마가 아닌 꽃뱀 취급을 한다. 당신은 100년을 같이 살아도 절대 우리 아버지 아내가 될 수 없다는 투다. 그날도 그랬다. 식사 도중 남편이 전화를 받느라 잠시 밖으로 나간 사이, 두 딸은 정색하고 희수에게 달려들었다.

"당신 꽃뱀이죠?"

큰딸 말에 작은딸 역시 같은 질문을 하고 싶었다는 표정으로 희수를 바라봤다. 큰딸은 대학을 졸업하고 중학교 국어 선생으로 재직 중이었다. 그러다 지방대에 나가는 심리학 교수와 결혼했고, 지금은 육아 휴직 중이다. 둘째는 영화감독이다. 독립영화를 몇 편 찍었다지만 흥행에 성공한 영화는 없었다. 남편이 남산 근처에 마련해준 아파트에 살며 거의 충무로에서 살다시피 했다. 남편은 그 딸을 어떻게 해볼 재간이 없다며, 당신이 투자자를 구해주던지, 때려치우게 하든지 해보라고 부탁 아닌 사정을 했다.

사실 남편과 처음 만날 때부터 제일 마음에 걸린 게 작은 딸이었다. 아버지 배경을 등에 업고 어려움 없이 자란 딸이다. 더욱이 엄마가 오랫동안 병을 앓아 고갈된 애정 결핍과 엄마에 대한 연민이 자신을 쉽게 받아들이지 못할 거로 생각했었다. 그날도 여러 가지 생각과 남편의 귀띔을 마음에 담고, 그야말로 독하게 마음을 먹고 나간 자리였다. 그렇지만 두 딸이 자신을 그렇게 대하리라고까진 생각 못 했다. 사회생활을 할 만큼 한 딸들이 아버질 생각해서라도 이건 아니지 싶었지만, 그렇다고 딸들과 그 자리에서 다툴 수는 없었다. 그래서 냉정해지려 애썼고 살짝 미소까지 지었다.

"그 말, 내가 너무 예쁘다는 뜻으로 들리는데…… 맞지?"

둘째 딸은 그런 희수를 경멸하는 눈으로 노려봤다.

"우아한 체하기는, 꽃뱀 주제에. 우리 아빠 잘나가는 K법률사무소 대표변호사인 것 알고 달려들었으면서 무슨 내숭을."

"그래? 그러면 앞으로 꽃뱀을 엄마로 생각하고 살아야 겠네. 그런 의미에서 우리 악수 한번 하지."

희수가 손을 내밀자, 큰딸이 거칠게 희수 손을 뿌리쳤다. 그 바람에 넘어진 와인이 희수 흰투피스 앞자락을 붉게 물들였다.

"인사가 너무 거칠구나. 이러면 돌아가신 엄마 욕 먹이는 거야."

"뭐라고요? 감히 우리 엄마를 들먹여?"

큰딸이 눈을 치떴다. 희수도 그대로 물러설 수는 없었다.

"큰애, 교육학과 나왔다고? 언어순화도 안 되면서 무슨 국어 선생을."

"뭐요?"

큰딸은 맹수처럼 매서운 눈으로 희수를 노려봤다.

"J 고등학교 교감이 내 고등학교 친구야. 학교에서도 이렇게 행동하나? 이번 모임 때 만나면 물어봐야겠어."

큰딸이 짐짓 놀라는 눈치였다. 조금 기가 수그러드는 것 같기도 했다.

"둘째가 찍은 영화, 나 다 봤어. 진실성도 없고, 재미도 없고, 그런 영화를 누가 보나? 그렇게 인기 없는 영화에다 누가 투자를 하겠냐고? 정신 빠진 인간 아니면."

"뭐요? 당신이 영화에 대해 뭘 안다고. 〈거미〉는 대종상 신인감독상 후보작이었는데⋯⋯."

"그래요? 그럼 축하해 줘야지. 내 잔 받으세요. 신인상 후보 감독님."

희수는 둘째 앞에 놓인 잔이 넘치도록 와인을 따랐다. 그대로 물러설 수는 없었다.

"그런데 지난해 칸에 갔다 온 감독 태권이 말로는 그 영화를 그렇게 말 안 하던데. 뭐라더라, 캐릭터도 살지 않는 개차반이라던가?"

핏빛 와인이 식탁 아래로 줄줄 흘러내렸다.

"강 감독을 알아요. 당신이? 강 감독이 그렇게 말했어요?"

"그럼 잘 알지. 그 친구 종교 영화도 만들었잖아. 나도 대학 때 영화 동아리에서 좀 놀았거든. 사실 약대는 지루하잖아. 아, 내가 약사 출신이라는 건 알지?"

그때 밖에 나갔던 남편이 들어왔다. 무슨 일이냐며 두 눈이 둥그레졌다.

"미안해요. 제가 실수로 와인을 엎질렀어요. 미안해요,

공주님들."

웨이터가 달려와 테이블 정리를 했다. 태권 감독을 안다고? 둘째가 계속 중얼거렸다. 희수는 두 딸을 무시한 채 남편과 다정히 잔을 부딪쳤다. 딸들 보라는 듯이 남편이 좋아하는 음식을 옮겨주기도 했다. 그렇게 시작된 불편한 관계가 오늘까지 이어졌다. 이제 더는 갈 곳이 없는 막다른 골목 앞에서 희수는 썩은 상처를 아주 도려낼 생각을 했다. 감히 집까지 노리다니, 괘씸한 것들.

*

드레스 룸으로 들어선 희수는 상자 안에 넣어 둔 백과 구두를 꺼냈다. 입고 나갈 옷을 골랐지만 모두 산 지 5년이 넘은 옷들이라 선뜻 손에 잡히는 것이 없었다. 남편이 쓰러지고 나서는 옷 한 벌 산 적이 없다. 시대에 뒤떨어진 디자인에 낡은 천의 질감, 색도 누추했다. 희수는 옷을 갈아입고 거울에 자신을 비춰봤다. 부스스한 머리, 피로에 지친 얼굴. 미용실도 들르고 옷도 새로 사지 않고는 두 딸 앞에 나설 자신이 없었다. 한때는 기분 내킬 때마다 맘에 드는 물건을 쇼핑했던 적도 있었다. 결혼 전 이야기다. 혼자였으니 걸릴 게 없었고, 경제적 어려움이 없으니 여행과 쇼핑을 사치라고 생각지 않았었다.

남편이 쓰러지고 나니 옷을 챙겨 입을 여력이 없었다. 아니 차려입고 갈 곳이 없었다. 매일 병원 아니면 집, 시장, 또 병원이었다. 전에는 1년에 한두 번 해외로 여행도 다녀왔다. 그때마다 남편은 옷이나 스카프, 구두를 선물했다. 오늘 입으려고 고른 레오파드 재킷과 구두도 남편이 결혼기념일 선물로 사준 것들이었다. 그 시절, 남편은 브라운 톤의 슈트를 자주 입었고 올백으로 넘긴 머리는 나이보다 10년은 더 젊어 보였다. 누구도 두 사람이 15년이나 차이 나는 부부라고 느끼지 않았다. 청년 시절 몸 그대로 180센티미터의 키에 70킬로미터를 넘기지 않는 것을 자랑으로 여기던 남편이다. 그날, W 호텔 라운지에서 한강 불빛을 보며 마신 와인과 결혼기념일의 축하 멘트, 이 세상 최고인 내 아내의 생일을 축하하며, 그게 남편과 함께한 마지막 파티였다.

오늘은 그날보다 더 화려하고 우아해야 한다. 남편 없이 혼자 두 딸 앞에 서려면 악마의 혼을 빌려서라도 강하고 독한 꽃뱀이 되어야 한다고 희수는 생각했다. 그러지 않고는 두 딸의 기를 꺾을 수 없었다. 전의를 다지듯, 희수는 거울 속의 자신 모습을 다시 돌아봤다. 재킷 자락이 표범의 긴 꼬리처럼 거울 속에서 흔들렸다.

외출 준비를 하고 나오니 소파에 등을 기댄 채 남편이 창밖을 보고 있었다. 희수는 남편 곁에 앉았다. 가뭄에 말라붙은 웅덩이처럼 어둡고 물기 없는 남편의 두 눈이 멀거니 희수를 바라봤다. 입가에 조금 전 먹은 전복죽이 말라 있었다. 티슈로 입가를 닦아주고 남편 입술에 가만히 입술을 포갰다. 느낌이 사라진 입술, 남편은 그렇게 차려입고 어딜 가냐는 표정으로 쳐다봤다. "일찍 올게요." 희수는 남편을 꼭 끌어안았다. 무언가 말을 할 듯 입을 씰룩였지만, 말이 되지 못한 것들이 하나로 뭉쳐져 얼굴이 흉하게 일그러졌다.

"힘들여 말하지 말아요. 나 당신 맘 알아요. 내겐 당신밖에 없어요."

희수는 남편 얼굴을 쓰다듬었다. 검은 머리칼이 사라진 얼굴, 이제는 눈썹마저 하얗다. 남편이 힘없는 손으로 희수 손을 잡았다. 남편 눈 속에 많은 것들이 담겨있었다. 희수는 가만가만 남편의 눈가에 맺힌 젖은 물기를 닦아주고 일어섰다. 희수의 등 뒤로 남편의 고독하고 아픈 눈빛이 계속 따라붙었다. 등이 서늘했다.

집을 나온 희수는 은행부터 들렀다. 부탁해 놓은 은행거래명세서를 받기 위해서였다. 지점장이 귀빈실에서 희수를 기다렸다.

"부탁하신 서류에 하나하나 스티커 붙여 표시해 두었으니 보시면 알 겁니다."

깍듯한 친절이 몸에 밴 지점장은 남편이 로펌에 근무할 때부터 일을 맡아준 사람이다. 그의 성실함이 맘에 들어 남편 퇴사 후에도 희수는 계속 이 은행을 이용한다.

"계좌에 있는 것들 어떻게 할까요? 만기가 돌아오는데."

"지난번처럼 알아서 처리해 주세요. 주식은 때맞춰 갈아타도 좋고, 개인 금고도 그대로 두세요. 다 친정어머니 것들이라 제가 손댈 수 없어요. 참, 그럴 리는 없겠지만 혹시라도 딸들이 찾아오면 제가 말한 대로 대답하세요. 실수하지 마시고요."

"네 그러겠습니다. 변호사님 건강은 어떠세요? 요즘 좋은 신약들이 개발되어 결과가 좋다는 이야길 들었습니다만."

지점장은 남편이 예전처럼 함께 라운딩 나갈 수 있기를 고대한다고 말했다. 희수는 그 말이 듣기 좋았다. 금방 그런 일이 일어날 것 같은 희망이 보이기까지 했다.

"많이 좋아지고 있어요."

희수는 서류를 백에 넣고 은행을 나와 테헤란로를 달렸다. 남편이 근무하던 로펌 앞을 지나다 잠시 차를 세웠다. 건물 벽에 새긴 '로펌 태평양'이란 마크가 눈에 익었다. 5년이란 시간 속에 합류하지 못한 남편만 사라진 곳이다. 뛰어난 언변과 재치로 사건을 해결해 나가던 유능한 남자, 작은 구멍이 거대한 둑을 무너트리듯, 막힌 뇌관 하나가 한 남자의 거대한 성을 무너뜨렸다. 마치 인간이 얼마나 작고 왜소한지를 보여주는 신의 경고 같은 형벌이었다. 옛날 일을 떠올리자 갑자기 눈을 뜰 수 없을 만큼 머리가 아팠다. 속도 울렁거려 금방이라도 토할 것 같아 근처 약국으로 들어갔다.

"머리가 몹시 아프네요."

한방약도 함께 취급한다는 약사가 손을 만져보더니 급

체한 것 같다고 말했다.

"약 드릴 테니 여기서 한 봉 드세요."

마흔을 갓 넘어 보이는 약사는 베나치오 한 병과 위 제로 그리고 속시탈을 건네줬다. 등줄기를 타고 식은땀이 흘렀다. 두통은 쉽게 가실 것 같지 않았다. 약사가 따뜻한 물 한 컵을 가지고 왔다.

"자주 이러세요?"

"아뇨. 스트레스 때문에 오는 일시적인 현상인데 시간 될 때 검사 좀 받아보려고요."

"혹시……?"

"아뇨. 이 정도는 다 아는 병이잖아요."

희수는 약사의 흰 가운이 잘 어울린다고 생각하며 약국을 나왔다. 남편이 자주 자신에게 했던 말이다. 흰 가운이 정말 잘 어울려요. 희수는 돌아서 유리문 안의 그녀를 다시 봤다. 그곳에 10년 전 자신이 서 있는 모습이 보였다.

*

〈에브뉴 주노〉는 오전 중인데도 북적북적, 결혼 준비하는 신랑 신부들로 부산했다. 오늘이 길일인가? 드레스를 입은 신부가 희수 앞으로 걸어왔다. 희수는 흰 드레스를 보면 공연히 가슴이 뛰고 울렁거렸다. 별거 아냐, 하면서도 입어보지 못한 웨딩드레스에 대한 로망이 있었다. 남편은 제대로 된 결혼식을 하자고 했지만, 희수가 거절했다. 딸들이 원치 않았고 친정엄마도 나이 든 사위가 부끄럽다고 반대했다.

원장이 희수를 보고 반갑게 웃으며 다가왔다.

"머리부터 감으세요."

희수는 가시지 않는 두통 때문에 마주 보고 웃을 기분이 아니었다. 가운으로 갈아입는데도 얼굴이 확확 달아올랐다.

"오늘 두통이 심해요."

"그래요? 그러면 먼저 마사지실로 들어오세요."

원장은 희수를 마사지실로 안내했다. 아로마 향이 그윽한 룸침대에 엎드리자, 온몸이 땅속으로 가라앉는 기분이었다. 잔잔한 요가 음악이 심신을 풀어줬다.

"등과 어깨 좀 풀어드릴게요. 뭐 신경 쓰이는 일 있으세요? 어깨가 많이 뭉쳤어요."

원장은 뜨거운 스톤을 이용해 등을 꼼꼼히 풀었다. 딱딱해진 승모근이 혈액순환을 방해하고 있다며 목과 두피 마사지까지 해줬다. 희수는 눈을 감고 잠시 후에 만날 딸들을 떠올렸다. 두 딸만 생각하면 없던 두통까지 생긴다.

"오늘 모임 있으세요? 좀 쉬는 게 좋을 것 같은데."

"딸들 만나요. 대학교수 부인 큰딸하고 전에 말한 영화감독 우리 둘째, 만나서 점심 먹기로 했어요. 중식당 피닉스에서."

원장이 놀라는 시늉을 했다.

"따님들 만나면 두통은 금방 사라지겠어요. 사모님은 따님들 잘 키워 놓으셔서 얼마나 좋으세요. 딸은 친구 같죠?"

희수는 엎드린 채 쿡쿡 웃었다. 작은딸이 만든 영화는 어두운 사회의 단면을 고발하는 폭력성 짙은 영화다. 거기 등장하는 증오의 대상이 자신일 거라는 생각이 들었다. 그게 꼭 희수라고 딸이 단정 지어 말한 적은 없지만, 그렇게 느껴졌다. 〈거미〉는 더욱 그랬다. 죄책감 없이 남의 것을 탐내고 빼앗는 거미 같은 여자. 그녀의 입에서 나오는 독성 강한 점액질이 사회를 강하게 오염시키고 피폐하게 만든다는 설정이었다. 그 영화에도 마사지를 받느라 누운 상

류충 여자가 나왔다. 마사지하던 원장이 여자 등에 칼을 꽂아 악을 단죄한다는 영화를 보다 희수는 등이 오싹했었다. 저 칼은 내 등에 꽂는 것일 수 있어. 딸 가슴에 저런 분노가 숨겨져 있는 게 아닌가 싶어 섬뜩하기까지 했다. 오늘은 또 어떤 칼을 내 등에 꽂으려 들까? 희수는 등이 욱신거렸다. 어깨와 등 결림이 풀리자, 몸이 한결 가벼웠다. 희수는 문득 영화 속 주인공처럼 머리를 짧게 자를까, 생각했다. 갑자기 떠오른 생각이었다. 짧은 머리를 좋아하는 사람은 희수가 아니라 남편이다. 오드리 헵번 같다며 옷도 그녀 스타일로 입기를 권했다. 집을 나설 때 자신을 바라보던 남편 눈이 떠올랐다. 오늘은 남편을 즐겁게 해주자. 희수는 과감히 머리를 잘랐다.

남편은 모든 걸 희수에게 맞춰줬다. 지금 사는 집을 지을 때도 요리를 즐기는 희수를 위해 부엌 공간을 넓게 쓸 수 있도록 설계했고, 자연경관을 훼손시키지 않고 사계절 내내 자연 속에 묻혀 사는 기분을 느끼도록 거실 창을 넓고 크게 만들었다. 그 덕에 앞산 전경이 한 폭의 그림처럼 눈으로 들어온다.

"이렇게 당신과 함께 앉아 얘기하는 순간이 나는 제일

행복해."

남편은 키싱구라미처럼 툭하면 입을 맞췄다. 마주 앉아 커피를 마시며 나누던 대화들, 나는 당신처럼 손이 따뜻한 사람이 좋아. 당신 눈은 꿈을 꾸는 소녀 같아. 가능하면 아름다운 말로 아내를 포근히 감싸주고 싶어 하던 남자. 지금 사는 집은 그런 남편과 머리 맞대고 벽돌 한 장 한 장 쌓아 올려 지은 보금자리다. 그걸 두 딸이 넘본다는 생각을 하자, 희수는 화를 참을 수가 없었다.

집터는 희수가 오래전에 싼값에 사두었던 땅이다. 희수도 처음 땅을 매입할 때는 그 가치를 잘 알지 못했다. 선산을 팔 수밖에 없는 친구가 있었다. 매입자를 만나지 못해 절절매는 모습이 안타까워 친정엄마 돈까지 끌어들여 시세보다 싼 값에 산을 샀다. 후에 산과 인접한 맹지가 매물로 나올 때마다 하나둘 사들여 집을 지을 수 있는 땅으로 용도변경을 해두었다. 남한강으로 흘러드는 지천이 땅 옆으로 흐르고 있는 게 마음에 들었고, 언젠가 은퇴하면 집을 짓고 엄마와 조용히 살고 싶었다. 결혼 생각은 아예 없었다.

그 자리에 남편이 순전히 희수를 위한 집을 지었다. 집이 완공되자 명의도 희수 이름으로 해주었다. 한마디로 남편 마음이 표현된 보금자리인 셈이었다. 그때는 남편이 왜 그런 결정을 했는지, 알지 못했다. 그 이유를 이제야 알 것 같아 마음이 아프다. 그런 사람이 집 지은 지 5년 만에 휠체어가 아니면 한 발짝도 걸을 수 없게 됐다. 입에 달고 살던 다감한 말들을 잊었고 다시는 몸을 섞을 수 없는 그런 사이가 됐다.

메이크업까지 끝낸 희수는 1층에 있는 숍으로 옷을 사러 들어갔다. 이곳 사장은 90년대를 휩쓸었던 모델 출신이다. 가끔 차를 타고 지날 때면 한번 들어가 봐야지 생각하곤 했었다. 오늘은 사장이 직접 나와서 디스플레이하고 있었다. 그녀의 옷은 다른 매체와 다르게 색이 고급스러웠다.

"사모님, 전에도 저희 옷 입어보셨나요?"

"그럼요. 딸이 영화감독인데. 시사회 때 여기 옷 입고 갔어요. 모두 주연배우 같다고 했어요. 후후."

사장은 희수의 조크를 알아챘으면서도 민트색 민소매 원피스와 카디건을 추천했다.

"그럼, 이 옷 따끈따끈한 신상인데 사모님한테 잘 어울릴 것 같아요. 한 번 입어보세요."

마의 느낌을 살려 염색한 보랏빛 색상이 고급스러웠다. 희수는 옷을 갈아입고 진열된 장신구까지 사서 짧은 머리와 메이크업의 분위기를 살렸다. 눈에 포인트를 줘서일까, 눈빛이 살아났다. 희수는 거울 속에 비친 자신이 마치 〈캣츠〉에 나오는 악당 고양이 메케버티처럼 보였다. "멋지세요. 저희 옷을 잘 소화하시네요." 역시 사장의 감각은 탁월했다. 그녀의 서구적인 외모는 세월을 잊은 듯 세련되고 우아했다. 그녀처럼 살고 싶었다. 희수는 차에 올라서도 몇 번 더 중얼거렸다. 그녀처럼 살고 싶다고.

*

백미러에 비친 모습이 낯설어 자꾸 거울을 보게 됐다. 결국 약속 시각보다 30분 늦게 포스코 건물 앞에 도착했다. 19층, 엘리베이터 버튼을 누르고 심호흡했다. 뒷머리가 서늘해 자꾸 손이 갔다. 옷매무새를 몇 번 고치고, 구두도 벗었다가 다시 신었다. 함께 탑승한 남자가 그런 희수를 흘깃거렸다. 대단한 사람 만나러 가는군요, 그런 표정이었다. 남자는 적어도 희수보다 다섯 살은 어려 보였다.

258

큰 키에 뚜렷한 마스크, 젊은 날 남편을 보는 것 같았다. 남자는 슬슬 눈가에 웃음까지 날렸다. 금방 말을 걸어올 기세였다. 뭐야, 이 남자 꽃뱀한테 물리면 어쩌려고. 희수는 쿡 웃음이 터졌다. 엘리베이터가 서고 문이 열리자, 남자가 앞서 내렸다. 그는 살짝 고개 숙여 인사를 하더니 맞은편 일식당을 향해 총총히 사라졌다.

두 딸이 나란히 자리를 잡고 앉아 있는 모습이 보였다. 고개를 맞대고 뭔가 열심히 얘기를 나누고 있었다. 나를 이길 전략을 짜고 있겠지. 희수는 먼저 화장실로 들어가 화장을 고쳤다. 연해진 립스틱을 진하게 덧바르고 윗옷을 벗었다. 매끈한 팔을 드러내고 데이지 문양의 골드팔찌를 손목에 건 다음 핑크톤의 선글라스로 눈을 가렸다. 그리고 또각또각 딸들 앞으로 걸어갔다. 딸들은 걸어오는 희수를 보고도 알아보지 못했다. 자리에 핸드백을 놓고 선글라스를 벗었을 때야 두 딸 눈이 휘둥그레졌다.

"일찍들 왔나 봐. 나는 멀리서 오니까 이 정도는 애교지?"

희수가 입가에 엷은 미소를 지었다.

"잘들 지냈어? 여기는 여전하네. 뷰도 좋고. 우리 처음 여기서 만나 저녁 먹었잖아. 그날 일 기억나지?" 딸들이 주위를 둘러보더니, 눈살을 찌푸렸다. 여름의 푸름에 선정릉이 푹 잠겨 있었다.

"저기 누운 정현왕후는 능이 오늘처럼 도심 한복판에 있게 될지 상상 못 했을 거야. 알았다면 저곳에 누우려고 했겠어. 미세먼지와 매연에 숨쉬기도 곤란한데."

"좋아 보이네요."

큰딸이 먼저 입을 열었다.

"그래? 아버지가 저러고 있는데 좋아 보일 리가 있을까. 그렇다고 늘 울면서 살 수는 없고. 우리 오늘은 맛있는 것 먹자. 둘째는 새 영화 제작 들어갔어?"

"투자가 들어와야 찍죠. 올해는 꼭 히트작을 내야 하는데. 지원금으로는 턱없이 부족해서." 또 돈 얘기였다.

"큰 애는 어때? 준수는 본과 공부하느라 힘들지?"

"그렇죠 뭐. 의대 공부라는 게. 이번 학기 끝내고 잠깐 나갔다가 오고 싶다고 해서. 그래서 부탁한 거예요, 돈."

"준비 못 했어. 우리도 간병비에다 약값 등 생활비가 워낙 많이 들잖아."

큰딸 눈꼬리가 샐쭉 올라갔다. 둘째보다 이성적이고 그나마 희수와 대화가 조금은 통한다고 생각했던 큰딸이다.

그 딸마저 아버지 건강은 어떤지, 한 마디 묻지도 않고 제 아들 얘기부터 꺼냈다. 물론 그럴 수 있다. 하나밖에 없는 자식의 미래가 달린 일이니까. 그렇지만 빈말이라도 아버지 건강은 어떠냐고 물어보는 게 자식 된 도리 아닌가.

"이제는 김 교수 연봉도 꽤 올랐을 거고, 자기도 학교 나가고, 자식도 준수뿐인데 충분히 생활해 나갈 수 있잖아. 언제까지 병중인 아버지 도움을 받을 건데?"

"그게 아버지 생각이에요?"

"아버지와 내 생각은 늘 같아. 이제 더는 도움 줄 수 없어. 돈도 없고."

큰딸이 젓가락을 탁 내려놨다.

"아버지 금고에 증권이랑 채권, 땅문서, 엄마 패물도 많았다는 것 다 알고 있어요. 아버지 워낙 잘나가던 분이잖아요. 제가 은행에 찾아가 볼까요?"

큰딸 말이 끝나기도 전에 둘째가 치고 들어왔다.

"그건 먹고 떨어지라고 하고, 집, 두 분 지내기에 너무 크고 병원도 멀어 불편하죠? 이참에 다 정리해서 저희 몫 떼어주고 시내로 들어오세요."

둘째가 노골적으로 속내를 드러냈다. 이제는 병든 아버

지 죽을 날 받아 놓은 것처럼, 아예 유산 정리까지 하자고 대들었다. 둘이 번갈아 가며 희수에게 어퍼컷을 날렸다. 희수는 기가 막혔다. 그동안 그것 조사하고 다녔니? 묻고 싶었지만, 어차피 예상한 일이고 당황하면 진다, 마음을 다져 먹었다.

"야, 음식맛 떨어진다. 이 점심 비싼 거야. 두당 10만 원도 넘는데 밥부터 먹자."

희수가 조금 싸한 표정으로 말했다.

"근데 나한테 맡겨 놓은 돈 내놓으라는 식이네. 그러지들 마."

"법률적으로 상속은 비율이 정해져 있는 것 아시죠?"

둘째가 단숨에 결판을 내려고 덤비는 권투선수처럼 달려들었다.

"모처럼 만나서 왜 이리 서둘러. 아버지 돌아가셨니? 몸은 불편해도 아직은 멀쩡히 살아있는데 유산을 들먹거려 나쁜 년들."

희수는 부드러운 동파육을 질긴 오징어 다리를 씹듯 잘근잘근 씹으며 두 딸을 노려봤다. 좀 더 천천히 두 년의 부아를 긁어야 하는데, 두 딸은 음식에는 별로 손이 가지 않는 모양이었다.

"집 팔자고요."

"어떤 집을 팔아?"

"지금 사는 아버지 집요."

둘째가 언성을 높였다.

"아버지 집? 그 집 내 집인데 왜 팔아. 누구 맘대로? 부동산업자 누가 보낸 거야?"

"제가요."

둘째가 서슴없이 대답했다. 희수는 가방에서 집문서를 꺼내 딸 앞으로 밀어줬다.

"뭐예요?"

둘째가 봉투에서 서류를 꺼냈다. 희수는 천천히 와인을 마셨다. 입안 가득 감도는 잘 숙성된 포도 맛에 취기가 올랐다.

"아니 이게 왜 아줌마 이름으로?"

"내 집이 내 이름으로 되지 그럼 누구 이름으로 돼?"

"그러니까 집이 왜 아줌마 집이냐고요. 아버지 집이지."

"아버지 집? 그 집 결혼 전에 내가 사 놓은 땅에 내 돈으로 집 지었거든. 너희들은 아버지가 대단한 돈주머니 차고 나한테 온 줄 알지? 암 걸린 너희 엄마 10년 넘게 치료하느라 너희 아버지 빈털터리였고, 죽고 나서 살던 집 정리해 너희들 아파트 사줬잖아. 그리고 5년 만에 아버지 쓰러졌어. 그동안 너희가 가져간 돈이 또 얼마야? 내가 너희 둘하고 아버지까지 다 먹여 살렸다고. 염치 없이 늘 손 내밀더니 이제 집까지 넘봐?"

"이게 무슨 개 같은 수작이야. 이봐요 아줌마, 돌아가지 않는 머리 굴리지 말아요. 쇳소리 나니까. 조용히, 깔끔하게 정리하자고요."

두 딸이 동시에 소릴 질렀다.

희수는 남편 병상일지와 이혼 서류를 내밀었다.

"못된 년들, 10년 전이나 지금이나 달라진 게 하나도 없어. 거지니? 툭하면 손 내밀게. 나 아버지하고 이혼해. 벌써 도장 찍었고 이미 제출했어. 내가 네 년들 때문에 결혼 많이 망설였었지. 그렇지만 아버지 사랑하는 마음 하나로 결정했어. 여기 병상일지 봐. 아버지가 얼마나 정성을 다해 간호해야 하는 환자이며 그동안 얼마나 힘들었는지 다 적혀 있으니 보라고. 쓰러져 반신불수 된 아버지, 다른 집 딸들처럼 돕지는 못할망정 집을 팔자고 해? 당장 아버지 모셔가. 큰애가 모셔갈래?"

"내가 왜요?"

"그럼, 둘째 네가 모셔가. 이혼하고 내 집에서 내가 나갈 수는 없잖아."

"내가요? 미쳤어요? 집에서 노는 사람도 아니고."

"자식 키워봐야 다 소용없다더니 그 말 꼭 맞네. 그럼, 요양원으로 가야지 어쩌겠어."

희수는 요양원 팸플릿을 딸들에게 던져줬다.

"내가 알아본 바로는 그래도 여기가 제일 깨끗하고 재활 시설 잘 돼 있더라고. 너희가 사는 곳에서 멀지도 않고."

"아줌마."

두 딸이 동시에 희수를 불렀다.

"그래, 난 10년을 너희들 아줌마로 살아왔어. 너희들, 한 번도 나를 엄마라고 부르거나 대접해 주지 않았지. 꽃뱀이라고 부르면서도 독하게 돈만 뜯어 갔어. 여기 이 통장이 너희들에게 그동안 돈 보낸 통장이야. 돈 가져갈 때마다 갚는다고 했으니 정확히 이자 쳐서 다 갚아. 그리고 집은 내 집인 것 확인했으니 다시는 껄떡 대지 말고. 누구든 결정해서 이달 안으로 아버지 모셔가라고."

"이미 재산 다 빼돌려 놓고 병든 아버지랑 살기 싫으니까 뭐 이혼한다고? 그 집이 왜 당신 집이야. 봐, 당신 꽃뱀 맞잖아."

둘째가 버럭 소릴 질렀다. 주위 시선이 세 사람 쪽으로 쏠렸다. 첫째가 둘째를 잡아 자리에 앉혔다.

"꽃뱀? 도대체 뭘 보고 꽃뱀이라고 하는 건데? 나는 아버지보다 15년이나 젊어. 약국을 운영해 돈 버는 여자였고. 그런데 내가 왜 늙고 병든 남자 꽃뱀 노릇을 하겠니. 이제 끝났어. 이건 다 네년들 때문이야. 네년들이 아버지와 나를 갈라서게 했다고."

희수는 자리에서 일어섰다. 허리를 곧추세우고 계산대를 향해 꼿꼿하게 걸었다. 걷다 돌아서 한마디 더 했다.

"오늘 점심은 꽃뱀이 산다. 그동안 아줌마로라도 아버지하고 산 정이야. 그러나 이젠 안돼. 당장 아버지 모셔가고 가져간 돈 다 토해 내. 빨리 안 갚으면 계속 내용증명 보낼 거고, 재판도 걸 수 있어."

희수는 뒤도 돌아보지 않고 걸었다. 엘리베이터를 향해 또각또각 걸어가는 구둣발 소리가 홀 안을 울렸다. 희수는 선글라스를 꺼내 눈을 가렸다. 뒤쫓아 온 둘째가 팔을 잡았다.

"아줌마, 아줌마 우리 조금만 더 얘기해요."

"필요 없어. 난 더 이상 너희 아줌마 안 한다고."

희수는 둘째가 잡은 팔을 거칠게 뿌리쳤다. 때맞춰 엘리베이터 문이 열렸고 희수는 빠르게 올라탔다. 그리고 지하 3층 버튼을 눌렀다. 아줌마를 부르는 소리가 머리 위에서 소란스럽게 울렸지만, 대답하지 않았다. 지하 3층에 도착하자 옆 엘리베이터 문이 열리며 급하게 누군가 달려왔다. 희수는 눈길도 주지 않고 걸었다. 그때 달려오던 여자가 희수를 불렀다.

"엄마, 잠깐만요."

희수는 그 자리에 멈춰 섰다. 그때 여자가 말했다.

"이렇게 불러주면 집 팔 건가요?"

*

카릉카릉…

선정릉에서 능이 울었다.

한 번도 소설을 써본 적이 없다는 말

하성란(소설가)

1

'소설을 한 번도 써본 적이 없다.'

『반야용선』 '작가의 말'에 쓴 선생의 첫 문장을 오래 생각하고 있다.

우리는 소설을 읽고 쓰는 모임에서 만났다. 열 명 안팎의 구성원들은 젠더와 나이, 하는 일이 모두 달랐으나 소설을 읽고 쓴다는 공통점으로 매주 한 번씩 모였다. 시점과 플롯, 인물과 맥락 등을 꼼꼼히 분석하면서 완성된 소설에 다가가기 위해 노력했다. 그러니 한 번도 소설을 써

본 적이 없다는 선생의 고백은 의미심장하게 다가올 수밖에 없다.

2019년 전세계적으로 역병이 창궐하고 사회적 거리두기가 강화되면서 우리가 만나던 강의실도 폐쇄되었다. 그 무엇도 우리의 열정을 꺾을 수 없었다. 우리는 온라인 상에서 만났다. 그곳에도 선생이 있었다. 마감 날짜를 어긴 적 없고 합평작을 허투루 읽고 온 적도 없었다. 누구보다도 소설에 열심인 선생인데 소설을 써본 적 없다니, 그렇다면 선생이 생각하는 소설은 무엇일까.

코로나는 우리의 일상을 크게 변화시켰다. 마스크 착용과 재택 근무에 익숙해졌다. 한편으로는 편견과 적대가 극에 달했다. 인적은 빨리 끊겼고 폐업하는 가게가 늘었다. 거리에는 택배 배달차와 음식을 실은 오토바이들이 눈에 띄게 늘어났다. '비대면'이라는 낯선 단어를 어느새 자연스럽게 입에 올리게 되었다.

집에 머무는 시간이 많아지면서 층간소음 문제가 더욱 불거지고 택배 오배송 등 크고작은 일들이 일어났다. 그 고립의 시간을 기민하게 감지하고 기록한 것이 바로 「도어록」이다.

「도어록」은 옆집의 택배가 희주의 집에 오배송되면서 시작된다. 달걀과 포도. 자신도 주문한 품목이고 아무런 의심 없이 집으로 가져온다. 희주가 살고 있는 집은 요양병원에 있던 어머니와 함께 살 계획으로 구했으나 지금은 희주 혼자 지내고 있다.

곧 똑같은 물건이 배달될 테니 그때 받으면 어떻겠느냐는 희주의 의견은 단숨에 묵살된다. 옆집 여자에 의하면 희주는 수취인의 이름도 확인하지 않고 택배 물품을 먹어버린 '무식한 인간'이다. 이틀 뒤 희주는 여자 몫의 달걀과 포도까지 받게 된다. 사과의 의미로 옆집 문앞에 달걀과 포도를 조금 가져다두지만 옆집 여자는 그대로 방치함으로써 철저히 희주를 무시한다.

택배로 시작된 갈등은 희주가 옆집 현관문 앞에 쌓이는 택배를 살펴보는 일로 연결되고 희주는 그 물건들을 통해 한번도 보지 못한 옆집 부부를 상상하기에 이른다. 엎친 데 덮친 격으로 아랫집 여자는 관리실 직원을 대동하고 찾아와 왜 밤마다 뛰느냐고 항의한다. 뛰지 않았다고 옆집일지 모른다고 해도 "너 살 빼려고 줄넘기라도 하니?"라면서

비아냥거린다.

고립은 서서히 희주의 삶 속으로 스며들어 어느 순간 임계점을 넘어버린다. "야 미친년아, 제발 뛰지 마"라는 아랫집 여자의 항의에 내려다보니 자신의 의지와는 상관없이 두 발이 "저주의 빨간 구두를 신고 있는 것처럼 계속 움직이"고 있다.

급기야 희주는 옆집으로 배달된 택배 상자를 열어 그 속의 원피스까지 입어보게 된다. 희주의 그 모든 행동을 옆집 여자가 도어록에 달린 시야가 넓게 확보되는 고화질 렌즈를 통해 보고 있다는 것을 알게 되었을 때 희주가 할 수 있는 일이란 보란 듯 옆집의 현관문을 발로 걷어차는 일이다.

"진즉 알았어야 했어. 너를 만나지 않고도 소통할 방법이 있다는 것을. 달걀을 훔쳤다고? 옷도 훔쳤어? 내가? 문도 걷어찼다고? 이렇게?"

왜곡되고 과장된 희주의 소통 방식을 통해 우리는 코로나라는 특수한 상황 속에서 극대화된 적대와 고립을 확인하게 된다.

2

소설을 읽고 쓰면서 우리는 때때로 소설 창작서에서는
알려주지 않는 질문들에 맞닥뜨리곤 했다. 소설이란 무엇
인가? 지금 내가 쓰고 있는 것이 소설이 될 수 있을까? 그
질문들에 대한 해답은 당장 얻을 수 있는 것이 아니어서
우리는 저마다 돌멩이 하나씩을 쥐고 있을 수밖에 없었다.

그 무렵 뜻밖의 곳으로부터 '소설'이 소환되었다.

"소설 쓰고 있네."

소설이 그저 단순한 거짓말로 폄하될 때도 우리가 할 수
있는 일이란 '소설을 쓰고 있'는 일밖에는 없었다. 손에 돌
멩이를 쥔 채로.

그렇다면 선생의 소설을 써본 적이 없다는 말은, 단순한
거짓말이라는 일부 사람들의 소설에 대한 오해를 꼭 집어
말한 것은 아닐까. 아니 세간의 이목과 오해에는 아무런
관심 없다는 고집 아닐까.

『반야용선』에 실린 여덟 편의 소설을 관통하는 것은

'고립'과 '단절'이다.

코로나라를 겪으면서 고립과 단절을 실감한 우리는 코로나가 사라진 지금에야 그것이 코로나라는 특수 상황의 영향이 아니었음을 깨달았다. 코로나가 사라진 뒤에야 우리는 그동안 우리 사회를 잠식했던 고립을 확인하고 언제 폭발할지 알 수 없는 적의는 물론 무관심의 무표정을 곳곳에서 보게 되었다.

「도어록」화자인 희주의 어머니는 치매에 걸린 중에도 집에 가고 싶다고 말한다. "나 조금만 살고 죽을 게, 집으로 데려가" 달라고 울부짖는다. 코로나로 면회가 금지되면서 어머니는 더욱 괴팍해진다. 고립과 무관심으로 인한 단절은 '죽으면 서른세 개의 하늘 중 자신이 지은 업에 맞는 수평적인 하늘을 찾아간다'고 믿고 '생목숨을 끊은 자는 무간지옥으로 떨어져 영원히 죽지 못하고 유황불 속에서 고통을 겪게 된다고 믿는 어머니를 극단적인 선택에 이르게 한다. 어머니와 함께 살 계획으로 얻은 25층 아파트에 혼자 남은 희주가 하는 일은 강 건너편을 내려다보는 일이다.

어느 집은 해가 지면 바로 불이 들어왔고 어느 집은 주인의 늦은 귀가를 말해주듯 밤이 깊어서야 불이 켜졌다. 그모든 게 사람이 살고 있다는 증거였다. 그러나 죽음은 어느것 하나 허용하는 게 없었다. 불을 밝힌 이유도, 웃을 이유도 미워할 이유도 없는 어둠뿐이었다. 희주는 그 어둠 속에서 엄마를 생각했다.

그 어둠 속에서 희주는 죽은 엄마를 생각한다. '자존심이 강한 엄마가 죽음을 택한 건 자신을 좀 봐달라는 몸부림'이었다는 것을 깨닫는다. 유황불에서 응보를 받고 있을 엄마가 떠오르면 자신이 불에 타고 있는 것처럼 몸이 뜨거워진다.

아이러니하게도 고립되지 않았다면 희주에게 그런 시간은 오지 않았을지도 모른다.

3

이야기는 어떻게 시작되는가. 「문틱」의 아혼세 살인 정미소, '나'의 이야기를 이끌어내는 것은 내가 입원하고 있는 요양병원의 간호사이다.

"오늘은 미소할매 어떤 자랑을 해보실까?"

「문턱」은 이야기만으로도 흥미롭지만 소설을 쓰는 이의 태도에 대한 성찰로 읽힌다는 점에서도 각별하다. 쓰기 전에 듣는 이가 있다. 누군가의 이야기에 귀를 기울이는 이가 있다. 그에 앞서 그가 자신의 이야기를 꺼내놓도록 응원하고 기다리는 이가 있다. 누군가의 이야기는 이렇게 시작된다.

아흔세 살, 정미소 할머니도 요양병원에 고립되었다.

'새로 집을 짓고 40년을 살아온 내 집, 눈을 감고 걸어도 손끝 하나 부딪히지 않고 걸을 수 있는 거실을 지나 막 화장실 문턱으로 넘으려는 순간' 무언가에 걸려 그만 엉덩방아를 찧으면서 '나'는 치골이 부서지고 만다. 3주간의 치료가 끝나고 의사가 퇴원을 종용하지만 '아들은 이제는 너무 낡아 더는 집 안에 둘 수 없는 가구를 버리듯' '나'를 요양병원으로 실어왔다. 요양병원 312호실에는 이곳에 온 지 5년이 지난 '오지랖할매'와 '잠자는 공주'가 있다. 다른 이들이 그랬던 것처럼 이곳에서 내가 할 수 있는 것이라고는 '봄날 담장 아래서 졸고 있는 병아리'처럼 지내면서 죽음을 기다리는 일이다.

삼십 분짜리부터 한 시간짜리까지. 나에게는입이 닳도록 해온 자식 자랑이 있다. 레퍼토리가 혀에 달라붙었다. 하지만 '사위는 아들인 내 자식과는 달리 함께하지 않는 시절이 있으니 잘 짜인 감정 이입이 필요'하다.

이곳에 도착했을 때 나는 묵직한 늙은이 냄새로 토악질이 나서 견딜 수 없었다. 옆 침대의 노인과의 기싸움에서 질세라 독사처럼 도끼눈을 뜨기도 했다.

잠이 오지 않는 밤, 같은 방 노인 둘은 잠들었다. 간간이 코를 골기도 한다. 어둠 속에서 나는 밤을 버티고 있다. 같은 방에 머물고 있는 그들의 삶을 헤아려본다.

그들 또한 나보다 더 많은 이유와 사연을 담고 이곳에 왔을 수 있다.

몹시 목이 마르고 요의도 느끼지만 내 곁에는 도와줄 아무도 없다. 침대 난간에 걸어둔 물병을 잡아당겨 보려고 손을 뻗어보지만 어림없는 거리다. 이 시각이면 간호사나 간병인도 깊은 잠에 빠져 있을 것이다. 그들을 깨울 수는 없으니 내일 아침까지는 어떡하든 참아내야 한다. 잠이 오지 않으니 더 목이 탄다. 이런 제기랄!

그 사람이 되어보는 일. 나와 함께하지 않은 시절이 있는 이들의 삶을 이해하기 위해 필요한 감정 이입. 그 순간 나는 혜민 요양병원 312호실에서 다른 곳으로 넘어가는 기적과도 같은 순간과 맞닥뜨린다.

설핏 누군가 방 안으로 들어서는 기척이 있다. 고개를 돌려 문 쪽을 본다. 하얀 가운을 입은 남자가 문을 밀고 들어선다. 간호사인가? 아니면 의사? 남자가 방안을 휙 둘러보더니 천천히 나를 향해 걸어온다. 그런데 그의 발소리가 들리지 않는다. 바람처럼 내 곁으로 소리 없이 다가온 그가 나를 내려다본다. "물 좀 줘." 내가 힘겹게 입술을 달싹이자, 남자가 물병을 입에 대준다. 정신없이 물 한 병을 다 마셨다.

"고마워라. 그런데 어떻게 이 시간에 깨어 있었수? 새로 왔수? 얼굴이 낯서네?"

남자는 못 들은 척 잠시 서 있더니 횅하고 방을 나가버렸다.

오래전 312호에 머물렀던 남자의 도움을 받아 '나'는 갈증을 푼다. 미소할매 또 정신을 놓은 모양이라고 꿈속에서 먹은 거냐고 다음날 옆 침대의 간병인이 물이 가득 든 물병을 내게 들이밀며 웃어대도 나는 이 현실을 믿지 않는다. 분명히 그 밤 그 남자가 내민 물 한 병을 다 마시고 깊이 잠들었다.

「커튼」의 '경주'도 병원에 입원했다. '커튼 하나로 경계가 그어지는' 셋이 쓰기에도 넓지 않은 병실. 55세 장경주는 발목 수술을 앞두고 있다. 다른 수술과 달리 발목 수술은 간병인이 더욱 필요하다고 간호사가 권유했지만 낯선 사람의 도움은 받고 싶지 않다. 수술이 잘 될지 수술할 다리에 'yes'라고 분명이 표기해두었지만 혹시나 실수로 의사가 다른 쪽 발목을 수술하는 것은 아닐지 불안하고 신경이 곤두서 있다. 움직일 수 없는 신세이다보니 훨훨 날아가고 있는 새들이 부러울 뿐이다. "나도 날고 싶다. 저 새들처럼."

코로나로 보호자 없이 캐리어 하나를 끌고 혼자 입원했다. 수술 뒤에도 남편은 보이지 않고 그녀의 안부를 걱정하는 것은 커튼 밖의 창가 노인뿐이다. 그 사이 옆 침상에 환자가 새로 왔다. 걸걸한 목소리로 사방에 전화를 하고 밤이면 코를 드렁드렁 골아 잠들 수가 없다.

　퇴원하는 날에도 남편은 아침부터 코로나 PCR 검사로 여간 불편했던 것이 아니라고 미간을 찡그린다. 옥신각신 했던 창가 노인, 옆 침대 여자와도 작별할 시간이다. 시간 날 때 전화달라고 재활 때문에 한 동안 병원에 있게 될 거라고 자신의 전화번호를 적은 쪽지를 내미는 옆 침대의 여자를 정주는 품에 안았다.

　잠시 익숙해진 정을 상기하며 조금 섭섭한 인사를 나누고 있지만, 곧 기억에서 잊힐 여자를 품에 안았다. 퉁퉁한 여자의 살이 물컹 가슴에 닿았다. 그건 언니를 엄마로 알고 살아왔다는 외로움의 덩어리 같았다. 여자가 아닌 경주 자신을 품에 안은 느낌도 들었다. 노인이 애잔한 눈으로 경주를 쳐다봤다. 가슴 깊은 곳에 무딘 세월을 감추고 산 연륜이 밴 듯, 기어이 커튼을 넘어와 풀쐐기 같은 자신을 품은 노인을 향해 경주도 미소를 보였다.

　1층 카페에서 커피를 사서 걸어오다가 경주는 기어코 넘어지고 만다. '지느러미가 찢긴 물고기처럼' 허우적대면서도 경주는 '내 손을 잡고 일어나'라는 남편의 손을 뿌리친다. 내 힘으로 일어설 거야. 내 힘으로 서고 걸을 거라

고. 목발을 짚으면서 경주는 중얼거린다. 고립을 벗어나
드디어 자립하는 장면이다.

　　4

　「도어록」「문턱」「커튼」을 통해서 우리는 감정이입, 이
곳에서 저곳으로 건너가 내가 아닌 다른 사람이 되어보는
경험을 통해 변화하는 이들의 모습을 보았다.
　표제작인 「반야용선」의 '나'는 입관 체험을 하러 왔다.
절집 마당에서부터 한 여자가 눈에 거슬렸다. 붉게 탈색한
긴 머리, 무릎이 드러나게 찢어진 청바지, 굽 높은 구두. 야
간 산행에 구두라니, 기어코 그는 봉사자의 부축을 받기까
지 했다.
　'나'는 신발을 가지런히 벗어놓고 관에 몸을 눕힌다. 관
뚜껑이 닫히고 '어둠이 이불처럼 전신을 감싸 안'았다. 관
뚜껑을 두드리는 해머의 소리가 나고 얼굴 위로 흙 쏟아지
는 소리와 목탁 소리, 염불 소리가 들린다.
　그때 빨간 머리 여자가 흐느끼면서 애원한다. "꺼내주

세요. 숨을 쉴 수가 없어요."

십 분도 참지 못할 걸 왜 온 건가 심사가 틀린다. 네 살에서 성장이 멈춘 채 시각과 청각을 잃고 열아홉 살까지 살다 죽은 딸. 내 딸이 그렇게 살고 싶어 애쓴 세상을 그 여자가 오염시키는구나 싶어 화가 난다.

그때 떠오른 것은 낡고 편안한 내 신발이다. '나는 신발이 이끄는 대로 세상 이곳저곳을 떠다녔다. 그게 내 삶이었다.' 그제야 좁은 구두 속에서 벌겋게 부르터 있을 빨간 머리 여자의 발에 생각이 미치고 그러자 그의 열 개 발가락이 꼼질꼼질 머릿속을 휘젓는다.

빨간 머리로 감춘 두 귀가 토끼처럼 길쭉했다. 나는 스카프를 풀어 그의 엉덩이 아래 깔아줬다.

"여자는 하체를 차갑게 하면 안 좋아요."

그가 구두 한쪽을 벗고 아픈 발을 주물렀다. 부어오른 발이 안쓰러웠다.

"어떻게 다시 들어가 누울 생각을 했을까. 숨을 쉴 수 없다더니."

"제대로 하는 게 하나도 없구나 싶어 화가 났어요."

얼핏 팔목에 진한 흉터가 보였다. 그가 얼른 옷을 끌어내려 손목을 덮었다.

이들 사이에 더 이상 긴 말은 필요없을지도 모른다. 전동차에 오르자마자 휴대폰으로 아르바이트 시간을 확인하며 불안해하던 빨강 머리 여자는 내 어깨에 고개를 댄 채 잠들고 말았다. 나는 여자 쪽으로 몸을 조금 더 기울여준다. '내 딸도 살아 있다면 빨강 머리를 하고 싶었겠지. 아무래도 나는 대치, 학여울, 대청, 일원역을 지나 수서역에 내려야 할 것 같았다.'

5

소설을 한 번도 써본 적이 없다고 선생은 작가의 말에 썼다. '책에 실린 여덟 편의 작품은 소설이 아니라 내가 살아온 날, 내 곁을 스쳐 간 소중한 인연들이 주고 간 몸짓들이다. 잊을 수 없는 그들의 몸짓을 책으로 엮으며 그 떨림에 다시 한번 가슴이 아렸다'라고 했다.

내가 살아온 날, 내 곁을 스쳐 간 소중한 인연들을 쓰기 위해 그들이 되기 위한 시간과 노력에 대해 오래 생각한다. 소설의 완성을 위한 플롯과 시점의 고민이 아닌 태도에 대해 생각한다. 그래서 길어올려진 생생한 육성들에 귀를 기울인다.

소설을 쓴다는 것은 무엇일까. 스스로를 고립 속으로 밀어붙이는 일, 차라리 눈을 감고 싶었던 일로부터 끝까지 눈을 떼지 않는 것, 그래서 이야기가 스스로 말을 걸어올 때까지 기다리는 일, 드디어 타자의 목소리를 인식하게 되는 것.

그렇다면 선생에게 소설은 '쓰고 읽는' 것이 아닌 '하는' 것이다. 매일매일 듣고 보고 기록하는 일, 그 누군가의 마음을 짐작하는 일, 네 곁에 내가 있다고 말하는 것, 결국은 스스로를 구원하는 일.

선생의 이야기는 여기서 멈추지 않을 것이다. 신발이 이끄는 데로 여기저기 떠돌아다니는 것이 선생의 삶이고 삶이 곧 소설이니까.

벌써부터 선생의 다음 여정이 기다려진다.

반야용선

초판 1쇄 인쇄 2024년 6월 7일
초판 1쇄 발행 2024년 6월 10일

저 자 안중익
발행인 박지연
발행처 도서출판 도화
등 록 2013년 11월 19일 제2013－000124호
주 소 서울시 송파구 중대로34길 9－3
전 화 02) 3012－1030
팩 스 02) 3012－1031
전자우편 dohwa1030@daum.net
인 쇄 유진보라

ISBN 979－11－92828－56－5 *03810
정가 17,000원